한국해양대학교 박물관
해양문화정책연구센터
해양역사문화문고 ⑤

세계의 해양박물관

김성준

글터
GEUL TER

지은이 **김성준**

한국해양대학교 항해학부 교수, Master Mariner
고려대학교 사학과 문학박사

저서 : 『영화로 읽는 바다의 역사』(혜안, 2003)
　　　『한국항해선박사』(문현, 2014)
　　　『서양항해선박사』(혜안, 2015)
　　　『해양영어의 어원』(문현, 2015) 外
역서 : J.H. Parry, 『약탈의 역사』(신서원, 1998)
　　　E. Fayle, 『서양해운사』(혜안, 2004)
　　　Richard Hugh, 『전함포템킨』(서해문집, 2005)
　　　Mike Dash, 『미친항해: 바타비아호 좌초 사건』(혜안, 2012)
　　　사와 센페이(佐波宣平), 『현대해양용어의 어원』(문현, 2017, 공역) 外
편저 : 『중국의 대항해자 정화의 배와 항해』(심산, 2005, 공편) 外

해양역사문화문고⑤
세계의 해양박물관

2019년 3월 20일　초판 인쇄
2019년 3월 25일　초판 발행

지은이 김 성 준
펴낸이 한 신 규
편 집 이 은 영

펴낸곳 **글터**
　　　서울시 송파구 동남로 11길 19(가락동)
　　　T 070.7613.9110 F 02.443.0212 E geul2013@naver.com
등 록 2013년 4월 12일(제25100-2013-000041호)

ISBN 979-11-88353-13-2 03910　정가 10,000원

2014년 4월 16일은 우리 해양사에서는 결코 잊혀지지 않을 비극의 날로 기록될 것이다. 그러나 이러한 비극적인 일이 바다에서 일어났다고 해서 우리가 바다를 경원시하거나 두려워해서는 안될 것임은 분명하다. 지난 두 세대 동안 우리나라의 해양산업은 조선 세계 1-2위, 해운 세계 6위, 수산 세계 13위권으로 성장하였다. 그러나 해양계에서는 정부와 국민의 해양 인식이 매우 낮다는 사실을 지적하고, 삼면이 바다인 우리나라가 한 단계 도약하기 위해서는 바다를 적극적으로 이용하고 개척해야만 한다고 주장해 왔다. 이런 상황에서 발생한 '세월호' 사고는 우리 국민들의 배와 바다에 대한 인식을 기존 보다 더 악화시켜 버린 결정적인 계기가 될 것임은 자명하다.

그러나 우리가 배와 바다를 멀리 하려해도 부존자원이 적고, 자체 내수 시장이 작은 우리의 현실에서는 배를 통해 원자재를 수입해서 완제품을 만들어 해외로 수출하지 않으면 안되는 경제구조를 갖고 있다. 그러한 까닭에 우리는 단순히 배와 바다를 교통로로 이용하는 데 그칠 것이 아니라, 배와 바다를 연구하고, 도전하고, 이용하고, 투자하여 미래의 성장 동력이자 우리의 삶의 터전으로 삼지 않으면 안된다. 이러한 사실을 기성세대에게 인식시키는 데는 많은 노력을 기울여야 하는 데 반해, 그 효과를 기대하기는 어렵다. 따라서 우리의 미래를 짊어질 다음 세대들에게 바다의 역사와 문화, 배와 항해, 해양 위인의 삶과 역사적 의미 등을 가르쳐 배와 바다를 아끼고, 좋아하고, 도전하고, 연구하는 대상으로서 자기 삶의 일부로 친근하게 느낄 수 있도록 교육하는 일이 무엇보다 중요하다. 왜냐하면 우리의 미래를 이끌고 갈 주인공이 청소년들이기 때문이다.

다른 분야와 마찬가지로 우리의 청소년들이 지식과 사고력을 기르는 기본 도구인 교과서에 해양 관련 기사가 매우 적다는 것은 익히 알려진 일이다. 그나마 교과서에 포함된 장보고, 이순신, 윤선도, 삼별초 등의 해양관련 기사도 교과서의 특성상 한 쪽 이상을 넘어가기는 매우 어렵다. 이러한 두 가지 점에 착안하여 우리의 미래를 이끌어갈 청소년들에게 교과서에서 미처 배우지 못한 배와 항해, 해양문학, 해양역사, 해양위인, 해양문학과 관련된 내용을 배울 수 있는 부교재로 활용되었으면 하는 바람에서 해양역사문화문고를 간행하게 되었다. 중고교의 국어, 국사, 사회 등 교과서에 실린 바다 관련 기사의 내용을 보완하는 부교재로 널리 활용되고, 일반인들이 바다의 역사와 문화의 중요성을 재인식하는 데 도움이 되었으면 하는 마음 간절하다.

이 문고가 간행되는 데 재정 지원을 해주신 트라이엑스(주)의 정헌도 사장님과, 도서출판 문현의 한신규 사장님과 편집부 직원들에게 감사의 말씀을 전한다.

2019년 초
김 성 준

항해사로서 3년여 동안 한바다를 항해할 때 나의 주된 관심
은 3년간의 병역의무승선을 마치고 역사를 공부하는 것이었
다. 결국 나는 대학에 편입학하여 역사공부를 시작했고, 다
시 대학원에 들어가 '바다의 역사'를 공부하는 해양사가가 되
었다. 우리나라에서는 매우 드믄 분야를 연구하는 덕분에 그
동안 두 차례에 걸쳐 유럽의 해양박물관을 연구차 돌아보는
기회가 있었다. 한번은 2005년 국립해양박물관 전시물 확보
및 운영에 관한 연구를 맡아 연구하면서 영국, 포르투갈, 일
본, 모나코 등의 해양박물관을 두루 돌아보았다. 두번째는
2010년에 국립해양문화재연구소가 태안에서 발굴한 선박
들의 보존및관리 방안 연구원의 팀원으로서 덴마크, 스웨덴,
노르웨이, 스페인, 독일 등의 해양박물관을 둘러보았다.

여러 박물관들을 돌아보면서 각 박물관마다 나름대로의 특
색을 갖고는 있었지만, 관람객들이 자주 찾고, 경영면에서도
잘 운영되고 있는 박물관은 손꼽을 정도에 불과했다. 영국의

그리니치 해양박물관과 포츠머스 히스토릭 도크야드는 그 방대한 볼거리와 풍부한 이야기로 수백만명의 사람들을 끌어모으고 있고, 덴마크의 로스킬데와 노르웨이 오슬로의 바이킹선박물관은 작지만 바이킹선이라는 흥미있는 볼거리를 테마로 하고 아주 알차게 운영되고 있었다. 그에 반해 독일의 브레머하벤의 해운박물관이나 스페인 바르셀로나의 해양박물관, 포르투갈 리스본해군박물관은 규모나 전시물, 역사적 이야기 면에서는 사람들의 관심과 흥미를 잡아끄는 데는 한계가 있었던 것 같다.

박물관은 과거의 역사를 고스란히 보여주는 살아있는 역사교육의 현장이다. 그러나 아무런 사전 지식없이 박물관을 방문했다가는 아무 것도 얻지 못할 수도 있다. 세월호 사고 이후 우리 청소년들이나 국민들의 바다 여행에 대한 선호도는 선호도를 논의할 수 없을 정도로 낮아졌다. 우리 국민들이 바다로부터 멀어진다는 것은 다시 반도에 갇힌다는 것을 의미하고, 이는 우리나라가 19세기적인 쇄국으로 회귀한다는 것을 뜻한다. 그러나 지난 2세기에 걸친 우리의 역사가 입증하듯이 우리나라는 바다를 통해 세계와 소통하고 교류해야만 번영할 수 있었다. 이는 비단 우리뿐만이 아니라 세계의 거의 모든 민족과 나라들이 그러했다. 해양박물관은 그런 점에서 우리 청소년들이 해외에 나갔을 때 꼭 들러보았으면 하는 명소 중의 하나다. 여

러 해양박물관들을 둘러보면서 오늘날 각 나라의 국력의 차이
가 생기게 된 이유를 자연스럽게 깨닫게 되기를 기대해본다.
이 책은 해양박물관 관람기를 정리한 것으로, 해양박물관 길라
잡이가 되는 데 보탬이 된다면 더 바랄 것이 없겠다.

2018년 겨울
아치섬 해죽헌에서
김성준

목차

1 영국 해양박물관(그리니치)

옛 왕립천문대에서 바라본 그리니치 국립해양박물관

그리니치 국립해양박물관

해양박물관 하면 그리니치 국립해양박물관(National Maritime Museum)을 떠올릴만큼 그리니치 해양박물관은 바다에 관심을 가진 모든 사람들에게 가장 널리 알려진 해양박물관이다. 트라팔가 광장 인근인 챠링 크로스(Charing Cross) 역에서 네 정거장만 가면 도착하는 곳이 그리니치 역이다. 그리니치 역에서 내려 약 5분 정도 이정표를 따라 걸어가다 보면 옛 해군대학(Naval College) 건물과 그리니치 해양박물관이 나타난다. 앰반크먼트(Embankment)에서 그리니치까지 운항하는 배를 타도 된다. 역사적인 건물이 늘어선 템즈 강을 따라 항해하면서 템즈 강변의 풍광을 감상하는 것은 런던 관광의 백미 가운데 하나다. 특히 그리니치 도크에 도착하자마자 반겨주는 커티 샤크(Cutty Sark)호의 위용은 그야말로 장관이다.

[커티 샤크 호]

필자는 지난 1999년에 그리니치 해양박물관 부설 캐어드(Caird) 도서관에서 석달 동안 공부를 한 적이 있었기 때문에 박물관을 실컷 구경할 수 있었다. 그러나 당시는 대부분의 전시실이 내부 공사 중이었기 때문에 16개로 이루어진 전시실 가운데 넬슨, 해양력, 선원, 전함 모형 전시실 등 일부 밖에 구경하

지 못했었다. 그때는 그 유명한 그리니치 해양박물관이 이 정
도라면 우리나라의 해양문화재연구소 전시관도 그에 뒤지지
않을 것이라고 생각했던 것 같다. 그러나 2000년, 2005년, 그
리고 2010년에 연구차 국립해양박물관을 다시 보고 나서야 내
생각이 잘못되었다는 사실을 깨달았다. 1999년에 본 것은 해양
박물관의 한 모퉁이에 불과했던 것이다.

설립 목적과 전시관 구성

본래 그리니치 해군병원(Greenwich Naval Hospital)이었던 현 건
물을 개조하여 1937년 4월 27일 조지 6세가 참석한 가운데 국
립해양박물관(National Maritime Museum)으로 정식 개장하였다. 개
장 초기 국립해양박물관은 1800년대 초 왕립 선원병원(Royal
Hospital for Seamen) 내 해군전시실의 초상화와 해양화 등이 중심
적인 역할을 했다. 1850년대까지 이 전시실은 특히 넬슨에 초
점을 맞추었고, 연간 5만명 이상이 관람하였으며, 1873년 병
원이 왕립해군대학으로 바뀌면서 왕립 해군 박물관(Royal Naval
Museum)이 추가되었다. 왕립 해군박물관은 주로 해군본부가 수
집한 선박 모형들을 기반으로 설립되었으며, 일반인에게도 공
개되었고 1890년대 건함경쟁이 치열해짐에 따라 해군사 분야
에 대한 연구가 중요하게 되었다.

그리니치 국립해양박물관 정문

　이러한 배경에 따라 국립 해군박물관(national naval museum)을 설립해야 한다는 제안이 나왔으며, 그 위치로 그리니치가 적당하다고 주장하는 사람도 있었고, 제국의 중심인 런던 중심부를 선호하는 사람들도 있었다. 그렇지만, 영국의 해상무역과 해군력이 거세게 도전받은 1차대전 이후에야 국립해양박물관(National Maritime Museum)이 설립될 수 있었다. 국립해양박물관이 표면적으로 내세우고 있는 설립목적은 다음과 같다.

　① 바다, 배, 시간(time), 별들, 그리고 이것들과 인간과의 관계의 중요성을 관람객들에게 인식시키는 일을 한다.
　② 박물관 건물, 소장품, 전문가들의 가치를 보호하고 증진시킬 책임이 있다.

③ 모든 이용객들에게 접근성과 감화를 극대화하고, 지역과 국내 및 국제적으로 박물관에 기여한 사람들을 만족시키며, 효율적인 조직과 건전한 재정 운용을 통해 박물관의 자산(건물, 소장품, 전문가들)의 공적 이익(benefit)을 확산시키는 것을 목적으로 하고 있다.*

영국 국립해양박물관은 본래 그리니치 해군병원(Greenwich Naval Hospital)이었던 건물을 개조하여 1937년 4월 27일 조지 6세가 참석한 가운데 개장되었으며, 모두 16개의 대 전시실(Gallery)과 특별전시실 1개를 갖추고 있다. 주 출입구를 통해 들어가면 1층에 탐험가, 여객선, 계급과 해군 세복, 런던 해양사, 화불 능의 전시실이 마련되어 있다. 먼저 2개로 나누어 꾸며 놓은 탐험가 전시실을 돌아보면 콜럼버스, 바스코 다 가마, 마젤란, 베링 등과 같은 탐험가들이 이용했던 항로, 항해기구, 해도 등을 이해하기 쉽도록 일목요연하게 전시해 놓았다. 16개 대 전시실의 전시주제를 간략하게 살펴보면 다음과 같다.

1) 예술과 바다(Art and the Sea) : 유럽의 회화에 바다가 어떻게 조명되고 있는지를 살펴볼 수 있는 바다관련 그림, 즉 해양화를 전시하고 있으며 스폰서는 Commercial General Norwich

---

* NMM, Staff Handbook, April 2005.

Union이다.

2) Van de Veldes 부자의 예술(Art of the van de Veldes: Father and Son) : 네덜란드의 해양화가인 Willem van de Velde 부자의 해양화들이 Queen's House에 전시되어 있다. 이 부자는 1673년에 Queen's House에 화실을 열고 영국해양화학교(English school of marine painting)를 설립하였다.

3) 탐험가들(Explorers) : 탐험사에 대한 전반적인 정보와 탐험이 세계의 형성에 어떤 역할을 했는지를 관람객들에게 보여주는 것을 목표로 하고 있다. 소주제로는 초기 항해가들(Early explorers), 캡틴 쿡과 18세기 탐험(Cook & 18th Exploration), 극지 탐험(Polar Exploration)을 다루고 있다. 스폰서는 Trinity House이고, Royal Museums of Scotland, Glasgow University Library, Museum of London에서 자료를 대여해주고 있다.

4) 그리니치 역사관(Historic Greenwich) : Queen's House와 그 부속시설의 역사를 보여주고 있다.

5) 해리슨과 경도 문제(John Harrison and the Longitude problem) : 해리슨이 제작한 해상 정밀시계인 타임키퍼(timekeepers)는 왕립천문대에 영구 전시되어 있으며, 해리슨이 타임키퍼를 제작하게 된 배경과 해리슨 자신, 그리고 정밀시계에 대해 전시하고 있다.

6) 풍파 일으키기(Making Waves) : 옥외 전시실로 해양의 과거

와 현재, 그리고 미래를 보여주기 위한 것을 목적으로 하고 있으며, 해양이 인간의 생활에 어떠한 영향을 미치는지를 전시하고 있다. 다음과 같은 7개 소주제로 구성되어 있다.

- 해양과 서식환경(Oceans and their habitats)
- 조류와 바람(Currents and winds)
- 범선 항해(Under sail)
- 파도(Waves)
- 경도와 위도(Latitude and longitude)
- 해양과 기후(Oceans and world climate)
- 해양 측정(Measuring the oceans) : 해양의 물리적, 화학적 특징

7) 마리타임 런던(Maritime London) : 런던은 영국이 세계로 나가는 출구로서, 거의 2000년 동안 영국의 상업과 산업의 중심지로 5개 소주제로 구성되어 있다.

- 해운과 조선산업(Shipping and ship building)
- 다리와 건축(Bridges and buildings) : 볼틱익스체인지의 원 건물 모형, 브루넬이 제안한 템즈 터널, 넬슨 칼럼의 원형 모형 등
- 화물과 무역(Cargoes and commerce)
- 화려와 장려(Pomp and pageantry) : 런던에서 벌어진 화려한 행사 관련 물건과 사진 등 전시
- 런던에서의 생활(Life in London)

8) 해양의 발견(Oceans of Discovery) : 세계와 해양을 탐험하고, 이해하기 위한 인간의 노력을 보여주기 위한 전시실로 다음과 같은 5개 소주제로 구분되어 있다.

- 대양 항해(Navigating the oceans) : 항해술, 항해도구 및 장비 그리고 현재 미친 영향 등을 위한 전시물과 교육적 대화방식의 구성물을 전시

- 세계의 지도(Mapping the world) : 프롤레마이오스, 콜럼버스, 마젤란, 그리고 드레이크 등 세계를 일주하며, 신세계와 극동을 유럽인들에게 알린 미지의 바다에 대해 알려주는 데 기여한 지도 제작의 역사에 대해 전시

- 과학과 해양(Science and the sea) : 제임스 쿡의 항해 발견과 관련된 해도와 항해도구, 항해일지, 보고서, 탐사선 등을 전시

- 극지 탐험(Exploring the Poles) : 스코트(Robert Falcon Scott)와 새클턴(Ernest Shackleton) 등 남북극을 탐사한 탐험가들의 탐사 배경과 유물 등을 전시

- 해저(Under the seas) : 고대부터 현재에 이르기까지 해저 탐험의 역사와 기술 등을 전시. Ballard의 Jason호와 Deep Worker 호의 모형 등을 전시

9) 여객선(Passengers) : 19세기 대여객선 시대를 이끌었던 Cunard Line과 White Star Line이 운항한 대형 여객선 모형과

선실의 내부, 여객선표 등 여객선과 관련한 유물을 전시하고 있으며, 소주제는 다음과 같이 구성되어 있다.

· 왜 바다로 여행하는가?(Why travel by sea)

· 승선 중의 생활(Life aboard ship) : 해상 여행(sea travel), 등급 (class), 여흥(entertainment), 음식(food), 선내 장식(interior)/ 거주 구역(accommodation)

· 여객선 : 범선에서 증기선으로, 대여객선(great Liners), 파도 를 제치고, 해난사고(disaster at sea)

10) 계급과 제복(Rank and Style) : 여러 실존 해군 장교와 해군 병사들의 계급에 따른 제복을 전시하고 있다.

11) 전함(Ship of War, 1650-1815) : 17세기부터 19세기까지 영국 해군의 주요 전함들의 모형을 전시하고 있으며, 전쟁의 시대, 모형선을 만드는 이유, 제원의 확정, 모형선 선형, 모형 제작자, 모형 재료, 도구들 등 4개 소주제로 나뉘어져 있다.

· 전쟁의 시대(An age of conflicts) : 17세기부터 19세기까지 영 국 해군의 주력 전함의 발달사를 모형선을 통해 살펴 볼 수 있다.

· 모형선(Why models were made) : 모형 전함들과 설계 도면들 을 전시

· 제원의 확정(The Establishment of Dimension)

· 모형선 선형, 모형 제작자, 모형 재료, 도구들(Modelling styles,

makers, materials and measures)

12) 해군의 요람(The Cradle of the Navy) : 영국 내 최대의 항해학교이자 선원학교인 그리니치 해군병원에서의 생활이 어떠했는지를 보여주는 축소 모형, 문서 자료, 물품 등을 전시하고 있다.

· 기원(Origins) : 윌리엄 3세와 메리 2세가 1694년 그리니치에 왕립선원병원을 설립하였다.

· 왕립해군병원학교의 생활(Life at the Royal Hospital School) : 1841년부터 영국 해군이나 해병에 입대하기를 원하는 소년들도 해군병원학교에 입학할 수 있게 되었는데, 입학연령은 5세부터 12세 사이였다. 입학생들은 신체검사를 받은 뒤, 번호를 부여받고, 유명한 제독의 이름을 딴 그룹에 편성되어 제복을 입고 생활함. 학생들은 50개씩 침대가 설치된 기숙사에서 침대를 배정받아 생활하였다.

· 사진 전시실(Picture gallery) : 왕립병원학교 관련 사진 전시

13) 볼틱익스체인지의 스테인드 글래스(Stained glass from the Baltic Exchange) : 세계 해운시장의 중심지인 볼틱익스체인지에 설치되었던 스테인드 글래스 원본이 복원 전시되어 있는데, 원본은 1992년에 파괴되었다.

14) 튜더 전시실(The Tudor room) : 튜더 시대의 영국 역사와 영국의 왕들을 그린 회화 작품을 전시하고 있다.

15) 상갑판 전시실(Upper Deck gallery) : 박물관 2층의 개방된 전시실에 설치된 전시실로 유명한 제독의 석조상과 항해기기, 배를 묘사한 여러 가지 접시, 제독들이 사용한 칼 등 400여점을 전시하고 있다.

16) 무역과 제국(Trade and Empire) : 16-19세기 사이 대영제국이 해양활동을 통해 전개한 해상무역과 그 주된 활동 무대가 된 식민지, 그리고 이들 식민지로부터 유입된 각종 새로운 작물 등을 다양한 전시물을 전시하고 있으며, 소주제는 다음과 같이 구성되어 있다.

· 정복과 무역 : 7년 전쟁, 미국 독립전쟁, 아프리카 분할, 무역 보호, 해상 무기
· 동인도 무역선 : 동인도 회사, 차 무역과 아편 전쟁, 몬순 지대의 무역업자
· 해상 생활 : 해군, 이민자의 경험, 고래잡이 배와 고래잡이
· 노예 : 노예무역, 미국과의 무역, 폐지, 아프리카 식민지와의 무역
· 무역 국가(trading nations) : 문화 교류(crossing cultures), 조선소들, 제국의 항구, 증기 : 새 시대, 제국의 화물(imperial cargoes)

영국 국립해양박물관의 소장품은 200만점이 넘는데, 이 다양한 소장품을 활용하여 주기적으로 특별전시회를 개최하고

있다. 따라서 국립해양박물관의 관람자가 연간 200만명에 이르고, 재방문율이 30-40%로 매우 높다는 것과, 상설 전시실의 입장료가 무료인 것이 특징이다.

영국국립해양박물관의 소장품

분류	수	점유비
선박 도면(c. 1700 이후)	약 100만	48%
사진(c. 1845 이후)	77만 (plus 1500)	39.9%
해도(1486 이후)	9만 5000	4.55%
인쇄물과 도화(c. 1480 이후)	6만 3000	3.2%
도서(1474 이후)	6만	2.9%
수고본(14세기 이후)	5만 3000	2.53%
제복류(1748 이후)	7174	0.34%
메달(c.1590 이후)	5857	0.25%
기기 외(항해, 천문, 시계, 지구의) (15세기 이후)	5455	0.25%
유화(c. 1500 이후)	4111	0.20%
배 모형(c. 1650 이후)	3725	0.18%
도자기, 유리(c. 1740 이후)	2619	0.13%
골동품(c. 1700 이후)	1864	0.09%

자료 : NMM 자체 집계(2010).

탐험가와 여객선, 그리고 화물

탐험가 전시실을 돌아보다 베링 섬에서 동료들에 둘러 쌓여 죽어가고 있는 베링의 모습을 형상화해 놓은 밀랍인형이 너무나 실제 모습과 흡사하게 복원해 놓아서 관람객들을 놀래킨다. 19세기 중엽 이후 영국의 해운업을 견인했던 것은 큐나드 (Cunard), P&O, 화이트 스타 라인(White Star Line) 등의 여객선사들 이었다. 1층에서 특히 기억에 남는 전시품은 바로 여객선관에 전시되어 있는 모리타니아호(Mauretania)의 모형이었다. 관람객 들이 모리타니아호의 내부 모습을 볼 수 있도록 선체의 중앙을 잘라 놓았는데, 화려한 1등실에 머물고 있는 부잣집 딸과 상류 층 부인을 밀랍인형으로 재현해 놓아 관람객의 엿보기 본능을 자극한다. 그리고 그 아래에 사람들이 빽빽이 자리잡고 앉아 있는 3등실의 모습이 아주 대조적이다.

화물관에는 컨테이너 터미널의 모형과 머스크사가 기증 한 대형 컨테이너선 모형 등 상선 운항과 관련한 전시공간으 로 활용하고 있다. 1989년 건조된 4300teu급 메트 머스크(Mette Maersk) 호는 당시 세계 최대 컨테이너선 중 한 척이었고, 1998 년에 건조된 6600teu급 서브린 머스크(Sovereign Maersk) 호는 2010년 당시 세계 최대급 컨테이너선이었다. 들러 보면서 이곳 에 현대상선이 보유한 세계 최대급 컨테이너선의 모형이 전시 되어 있다면 어땠을까 하는 생각이 절로 들었다. 계급과 해군 제복관에는 일반 수병에서 제독에 이르기까지 해군 제복과 작 업복의 원제품이 전시되어 있고, 런던 해양사관에는 런던항이 역사적으로 어떻게 발전해 왔는지를 보여주는 지도, 모형, 사 진 등이 전시되어 있다.

무역과 제국 그리고 해양력

2층에는 지구 공원, 무역과 제국, 해양력, 예술과 바다, 바다의 미래 등의 전시실과 식당, 휴게실 등이 마련되어 있다. 99년 당시의 레스토랑은 실내에 키, 선수상 등으로 장식해 놓았고, 이름도 '갑판장 카페'(Bosun's Cafe)라고 되어 있어서 해양박물관에 아주 걸맞은 레스토랑이라고 생각했었다. 그러나 2010년 다시 가보니 이름도 바뀌고, 실내 장식도 보통 레스토랑으로 바뀌어 약간 실망했던 기억이 난다. 지구 공원관에는 영국인들이 세계 각지를 돌아다니면서 "영국의 무역이나 제조업에 유용한" 것들을 채집하여 들여온 식물들에 대해 정리해 놓았다. 유럽인들은 세계 각지에서 희귀한 식물들을 조직적으로 유럽으로 들여왔다. 이 과정에서 감자, 커피, 허브, 설탕 등이 유럽과 서인도, 북미 등으로 유입되었고, 특히 설탕은 영국인들이 산업혁명을 준비할 수 있는 자본을 축적할 수 있도록 했다. 관람객들은 지구 공원관을 돌아보는 동안 유럽인들이 들여온 열대식물들로부터 19세기에 키니네(quinine), 코카인, 모르핀 등과 같은 약물을 추출하여 생화학공업과 의학의 발전에도 기여하였음을 깨닫게 될 것이다.

지구 공원관을 구경하고 내실로 들어가면 무역과 제국, 해양력, 예술과 바다 전시실이 연이어져 있다. 이곳 전시실에는 주로 해당 주제와 관련한 그림과 모형, 지도, 유물 및 유품이 전시되어 있다. 무역과 제국관은 16세기에서 19세기에 이르기까지 영국인들이 세계 각지를 돌아다니면서 이룩한 무역 활동과 그에 뒤이어 거대한 상업제국 나아가 해양제국을 건설하게 되는 과정을 보여주는 전시품들이 시기별로 정리되어 있다. 19세기 즈음에 가면 럭비복을 입고 한 팔로 다른 쪽 팔을 잡고 혓바닥을 내밀고 있는 밀랍인형을 볼 수 있다. 이것은 뉴질랜드의 원주민인 마오리 족이 적대부족을 만났을 때 상대방의 기를 꺾기 위해 하는 하카(haka)라고 하는 행동이다. 이곳 전시실에 전시되어 있는 이 녀석은 누구를 보며 하카를 하고 있는 것일까? 정면에서 가만히 보고 있자니 나에게 하카를 하고 있는 것이 아닌가! 영국인들이 1885년에 거문도를 무단으로 점령했을 때 '그래 조선 너희들은 하카나 먹어라'라고 생각하지 않았을까? 다른 관람객들도 그런 생각이 들어서인지 정면에서 약간 비켜서는 것처럼 느껴진다. 그 절묘한 전시품의 배치에 혀를 내두를만하다.

일본인들은 자신 조상들이 저지른 잘못을 반성하기는커녕 사실을 왜곡하고 있지만, 같은 섬 나라인 영국인들은 자기 조상들이 저지른 비인도적 행위까지도 박물관에 전시하고 있다. 노예무역은 1807년 공식적으로 금지될 때까지 영국인들이 자본을 축적하는 수단 가운데 하나였다. 좁은 화물창에 쇠사슬이나 밧줄에 묶여 무표정하게 빽빽이 앉아 있는 흑인들의 모습을 보고 있노라면 저절로 가슴이 미어져 옴을 느끼게 된다. 유럽인들은 흑인 노예들을 '흑상아'(black ivory)라고 불렀다. 설탕, 코코아, 담배 등 대서양 횡단 화물의 운임이 톤당 5파운드 정도일 때 노예 한 사람을 팔면 25-30파운드 정도의 이익을 남겼다고 하니, 그들의 입장에서 보면 흑인을 '흑상아'가 아니라 '금상아'라고 해도 틀린 말은 아니다. 노예선은 보통 100%의 순이익을 남겨도 그렇게 많은 이익을 남긴 것으로 여겨지지 않았다고 한다. 결국 영국인을 포함한 유럽인들이 우리 보다 앞설 수 있었다는 것은 아프리카, 인도네시아, 인도, 호주와 뉴질랜드, 남미 등을 착취했기 때문이라는 점은 부정할 수 없는 역사적 사실이다.

해양력 전시실에는 영국 해군에 관한 여러 가지 자료들이 전시되어 있고, 예술과 바다관에는 바다와 관련한 그림들이 어지러울 정도로 빽빽하게 전시되어 있다. 이곳을 스쳐 지나면서 느낀 점은 과거에 우리 조상들이 바다에 관한 그림을 많이 그리지 않아서 현재 얼마 남아 있지 않지만, 오늘날에는 현직 선원 화가가 있어 활발하게 작품 활동을 하고 있고, 지금도 모 상선회사에서 선상 근무를 하고 있는 것으로 알고 있다. 지금부터라도 그런 분들의 그림을 모아 전시해 둔다면 훗날 우리 후손들에게 값진 해양문화 유산이 되지 않을까?

넬슨과 보통 선원

3층으로 올라가면 넬슨관과 전함관, 특별전시관, 보통 선원 관이 있다. 넬슨관에는 견습사관(midshipman) 시절부터 트라팔가 해전에서 사망할 때까지 넬슨의 일생을 보여주는 유물이 전시되어 있다. 1805년 트라팔가해전에서 프랑스-스페인 연합함대를 맞이하여 '우리 영국민은 여러 분들이 최선을 다해주길 기대하고 있다.'(England expects that every man will do his duty)는 말로 해군 장병들을 격려한 넬슨은 프랑스군의 탄환을 맞고 죽음을 맞이하는 순간 '나는 나의 최선을 다했다.'고 말한 것으로 전해지고 있다. 넬슨의 최후도 충무공에 버금갈 만큼 장엄하다. 그의 마지막 모습을 그려놓은 그림 옆에 넬슨이 그 순간에 입었던 제복을 함께 전시해 놓았는데, 갈기갈기 찢겨진 채 전시된 그 제복을 보면 저절로 전율을 느끼게 된다. 넬슨 전시실에는 넬슨이 해밀턴 경의 미망인이었던 엠마(Emma)와 나누었던 서신과 그녀와 관련된 여러 가지 유물이 전시되어 있다. 넬슨은 본 부인과 정식으로 이혼을 하지 않았기 때문에 엠마는 우리 식으로 하면 내연의 처라고 할 수 있다. 하지만 넬슨이 진정으로 사랑한 여인이 엠마였기 때문에 영국인들은 그녀를 넬슨의 부인처럼 대우하고 있다. 물론 엠마가 생존할 당시에는 그렇지 못해 그녀는 불우하게 생애를 마쳤지만. 넬슨 전시실에서는 트라팔가 해전의 상황을 선명하게 그릴 수 있도록 당시의 상황을 재현한 가상 영화를 일정한 간격으로 틀어주고 있어 관람객들의 이해를 돕고 있다.

전함 전시실에는 다양한 종류의 전함 모델이 전시되어 있고, 보통 선원 전시실에는 등대, 크레인, 무전기, 선내 작업시 이용되는 여러 가지 도구들이 전시되어 있다. 보통 선원 전시실의 전시품들은 관람객들이 직접 사용해 볼 수 있다. 특히 범선이 어떻게 맞바람을 거슬러 올라갈 수 있는지를 확인할 수 있는 장치를 마련해 놓았는데, 필자도 이 장치를 통해 오랫 동안 가져 왔던 의문을 풀 수 있었다.

영국은 아직도 세계의 중심

그리니치 해양박물관을 다 보고 나면 구 왕립천문대(Old Royal Observatory)를 구경할 수 있다. 그리니치 공원의 잔디밭을 밟으며 야트막한 언덕 위로 올라가면 왕립천문대가 나온다. 이곳이 바로 경도 0도선이 지나가는 곳으로, 바로 이곳을 기점으로 경도가 동경과 서경으로 나뉘어진다. 왕립천문대 내부로 들어가면 별자리를 관측하고 위치를 정하기 위해 사용된 갖가지 천측기구와 대형 망원경들을 볼 수 있다. 그리니치의 퀸스 파크 (Queen's Park)에는 국립해양박물관뿐만 아니라, 커티샤크 호, 왕립천문대, Queen's House 등이 가까이 산재해 있는데, 이들을 통칭하는 명칭은 없었다. 그러나 최근 이들을 한 데 묶어 '왕립박물관 그리니치'(Royal Museum Greenwich)라는 새로운 통합 명칭으로 부르기 시작했다. 이는 포츠머스의 해군박물관, HMS 빅토리아 호, HMS 메리 로즈 호, HMS 워리어 호 등을 Historical Dockyard라고 통칭한 데 착안한 것으로 보인다. 왕립천문대를 관람하고 퀸즈 파크로 내려와 템즈 강을 바라보면서 문득 이런 생각이 들었다. 영국은 비록 과거의 대영제국의 영광을 잃어버리긴 했지만, 아직도 세계의 중심이다.

· 영국 국립해양박물관 홈페이지 : www.rmg.co.uk

포츠머스 히스토릭 도크야드(영국, 포츠머스)

포츠머스

그리니치의 국립 해양박물관이 해양종합박물관의 성격을
띤 곳이라고 한다면, 포츠머스 해군박물관은 주로 영국 해군
사와 관련한 유물과 자료들을 전시하고 있다. 특히 트라팔가
(Trafalgar) 해전에서 나폴레옹 함대를 격파하여 브리튼을 위기에
서 구한 넬슨(Horatio Nelson, 1758-1805)의 기함 빅토리(HMS Victory)
호가 보존되어 있는 곳으로 유명하다. 포츠머스 히스토릭 도크
야드(Portsmouth Historic Dockyard)라고 하면 포츠머스 군항 일대에
자리잡고 있는 HMS Warrior, Mary Rose Hall, HMS Victory,
왕립해군박물관(Royal Naval Museum), 왕립조선소(Royal Dockyard),
잠수함 박물관 등을 모두 일컫는다.

1999년 로타리재단의 후원을 받아 런던에서 공부할 기회
가 있었다. 그때 영국측 후원클럽인 런던의 Teddington and
Hampton 로타리클럽의 저녁 모임에 참석한 적이 있었다. 당

29

시 모임에 참석했던 로타리 회원들과 이런 저런 얘기를 나누면서 '전공이 영국 해양사'라고 얘기를 꺼내자, 한 회원이 '그러면 포츠머스를 꼭 가보라'고 얘기를 했다. 당시에는 귀국일이 임박하여 하루 일정으로 관람을 마무리 지을 수밖에 없었다. 이러한 아쉬움은 2010년 연구차 다시 한번 포츠머스를 방문하여 Mary Rose Hall의 Mark Jones 박사의 안내를 받아 상세히 관람함으로써 많은 의문을 풀 수 있었다.

포츠머스는 브리튼 섬의 동남부에 위치한 군항으로 런던에서 가려면 기차를 타거나, 쾌속선을 이용하면 된다. 쾌속선은 런던 하구의 도버(Dover) 항에서 포츠머스까지 운항하는 배를 이용하면 되고, 기차는 워털루(Waterloo) 역에서 출발한다. 기차는 요일에 따라 다르지만 평일에는 몇 십분 간격으로 자주 운행되고 있었고, 일요일에도 그렇게 지루하다는 생각이 들지 않을 정도로 자주 있는 편이었다. 여행 시간도 한 시간 내외였던 것으로 기억된다. 포츠머스 히스토릭 도크야드로 가려면 종착역인 포츠머스 하버(Portsmouth Harbour) 역에서 내려야 한다.

맨 처음 반겨주는 바다와 HMS Warrior

포츠머스 하버 역에 내리면 탁 트인 대서양 바다가 한눈에 들어온다. 역 자체가 바다 위에 건설되어 있다는 느낌이 들 정도이다. 역을 빠져나가면 바로 정면에서 멋진 범선이 반겨준다. 이 배가 빅토리아 해군(Victorian Navy)의 주력함으로서 당시 유럽 각국의 해군에게 두려움의 대상이었던 워리어(HMS Warrior) 호이다. 워리어 호는 프랑스의 나폴레옹 3세가 삼촌인 나폴레옹 1세의 군사적 영광을 재현하기 위해 증기기관을 장착한 군함 라 글르와(La Gloire) 호를 건조하자, 영국이 이에 대항하기 위해 1860년에 만든 세계 최초의 철갑군함(ironclad)이다. 우리는 거북선이 '세계 최초의 장갑함'이라고 알고 있지만, 외국인들은 거북선의 모양이나 존재 자체에 대해서 잘 모르고 있다. 왜냐하면 이순신 제독이나 우리나라의 역사와 관련한 영문서적이 매우 드물기 때문이다. 어쨌든 거북선을 세계 최초의 장갑함이라는 사실을 인정한다고 할지라도 워리어 호가 '증기기관을 장착한 세계 최초의 철갑함'이라는 사실에는 변함이 없다.

워리어 호는 취역 이후 영국해협과 대서양 동부 해역에서 주로 정찰 및 순항업무에 종사하였으나, 이렇다할 전과를 올리지 못했다. 워리어 호가 전과를 올리지 못했다기보다는 전과를 올릴 기회가 없었다고 하는 편이 맞을 것 같다. 이는 워리어 호가 활동하던 기간에 이렇다할 해전이 없었고, 또 워리어 호가 워낙 막강한 전력을 보유했기 때문에 당시 프랑스를 비롯한 유럽 각국의 해군이 워리어 호에 대항할 엄두를 내지 못했기 때문이다. 워리어 호는 두 차례에 걸쳐 대대적인 수리를 하며 현역함으로 활동하다가 1883년에 포츠머스 하버에 계류되었다. 이후 워리어 호는 1904-24년까지 HMS Vernon 함대에 배속되어 영국해군전기학교(naval electric school)의 해상 학교로 이용되다가 다시 복원되어 1987년 현재의 위치에 계류되어 일반인에게 공개되고 있다.

HMS Warrior(1860)

워리어 호의 주요 제원 및 무장
- LBD : 128 x 18 x 8m
- 배수량 : 9210톤
- 외판 장갑의 두께 : 1.6cm
- 속력 : 범주 13노트, 엔진 14.5노트
- 무장 : 68파운드 대포 26문, 110파운드 대포 10문
- 석탄소비량 : 시간당 11톤
- 최대석탄적재량 : 850톤
- 작전 거리 : 2000마일
- 승무인원 : 705명

왕립해군 박물관

워리어 호를 구경하고 난 뒤 부두가를 따라 걷다보면 박물관 입구가 나타난다. 이곳을 구경하기 위해서는 박물관 입구에서 입장권을 구입해야 하는데, 30파운드 정도를 내면 전체를 구경

할 수 있다. 입장권을 한번 구입하면 4번까지 사용할 수 있고, 다음에 이용할 때 지난번 본 것을 제외하고 나머지를 보려면 추가 입장료만 내면 된다.

먼저 왕립해군박물관(National Museum of Royal Navy Portsmouth)을 구경하기로 했다. 1911년에 개장한 왕립해군박물관은 영국에서 가장 오래된 해양박물관 가운데 하나이며, 12세기 이후 현재까지 영국 해군의 변천사를 일목요연하게 전시해 놓았다. 입구에서부터 시대순으로 전시해 놓았기 때문에 안내표시판을 따라 걷다보면 저절로 영국 해군이 어떻게 발전해 왔는지를 알 수 있다. 하지만 과거의 자료는 아무래도 부족하기 마련이기 때문에 넬슨 시대와 1-2차대전기의 자료가 상대적으로 많이 전시되어 있다. 하지만 왕립해군박물관이라는 이름에 걸맞게 이곳에는 헨리 5세(Henry V)의 기함이었던 '그레이스 디우'(Grace Dieu) 호의 선체 파편과 헨리 8세(Henry VIII)의 기함(flagship)이었던 '메리 로우즈'(Mary Rose) 호의 잔해에서 발굴된 유물들이 전시되어 있다.

왕립해군박물관에서 가장 눈에 띄는 것은 역시 넬슨과 관련한 유물과 1-2차 대전기에 영국 해군의 활동상이다. 이곳 왕립해군박물관에 전시되어 있는 넬슨 관련 유물들을 해양박물관에 소장되어 있는 유물과 비교해 보면 질적인 면에서 떨어지는 것이 사실이다. 넬슨이 목에 걸고 있었다는 엠마(Emma Hamilton)

의 미니어춰(miniature)를 새긴 목걸이와 빅토리 호에서 사용했던 식기 등 소량의 소품 정도만이 진품(original)이었고, 넬슨이 썼다는 서한과 일지 등은 그리니치 해양박물관에 소장되어 있는 진품을 복제한 것이다. 하지만 영국 해군사에서 넬슨이 어느 정도 위치를 차지하고 있는지를 가늠하는 데는 왕립해군박물관이 훨씬 낫다. 왜냐하면 넬슨이 어느 시기 쯤에 활약했었는지를 비교할 수 있기 때문이다. 19세기 즈음으로 가면 HMS Kent 호 등 빅토리아 해군의 주력함들의 모형들과 당시 수병들의 활약상을 알 수 있도록 세심하게 관련 자료들을 전시해 놓았다.

왕립해군박물관의 마지막 전시실은 20세기 해군관이다. 19세기 말 독일이 촉발한 건함경쟁은 영국이 HMS Dreadnought 호를 건조하면서 절정에 이르렀고, 이는 결국 제1차대전으로 비화되었다. 1차대전 전시실에서는 드레드노트 호의 모형과 주요 해전을 묘사한 전쟁화(戰爭畵), 침몰한 전함에서 건져 올린 종과 도끼 등의 유물, 독일의 U-보트의 공격으로 인한 피해와 방어대책 등을 볼 수 있고, 2차대전 전시실에서는 덩케르크 해전, 해군의 수송과 교통망, 수병들의 임무 등을 보여주는 그림, 포스터, 사진, 전함 모형 등을 볼 수 있다. 사실 전시품들이 너무 많기 때문에 무심히 지나치다 보면 무엇을 보았는지 놓치기 십상이다. 그런 가운데서도 2차대전 전시실에서 기억에 남는 것은 해군 제복을 입은 아리따운 아가씨의 옆모습을 담은 포스터였다. 이 포스터는 '여자들이여 해군에 지원하여 남자들이 함대에 승선할 수 있도록 하자'(Join the Wren and Free a Man for the Fleet)는 구호를 통해 여자들을 해군에 지원하도록 유도하고 있다. 2차대전은 전후방이 따로 없는 총력전(total war)으로서 후방 지원 업무에 많은 병력이 소요되었기 때문에 영국을 비롯한 각국 정부는 여자들을 병력으로 활용하고자 했다. 이 포스터를 본 많은 영국의 젊은 여자들이 해군에 자원하여 간호·통신·지원 등의 후방업무를 담당했다.

건물 3동을 연결하여 전시품을 전시해 놓았기 때문에 대충 보고 지나친다고 하더라도 족히 2시간 정도는 걸린다. 게다가 전시실 내부가 어둡기 때문에 밖으로 나오면 어지러움을 느낄 정도이다. 전시실을 빠져나오면 기념품 가게가 있는데, 이곳에서 여러 가지 기념품을 구입할 수 있다.

넬슨의 기함 HMS Victory

왕립해군박물관 입구의 맞은 편에 넬슨 제독의 기함 빅토리 호가 전시되어 있다. 혼잡을 피하기 위해 20명 정도를 한 조로 편성하여 안내원의 설명을 들으며 관람할 수 있도록 배려해 놓았다. 안내원을 따라 세 번째 갑판으로 들어가니 약 5분 정도 빅토리 호에 대해 개략적인 설명을 한다. 자그마한 서가에 영어를 비롯하여 프랑스어, 스페인어, 독일어, 포르투갈어, 이탈

리아어, 중국어, 일본어 등 세계 각국의 언어로 쓰여진 안내 책자가 비치되어 있었다. 벌써 2년이 지나버려 정확하게 기억 나지는 않지만 한글로 쓰여진 안내책자도 있었던 것으로 기억 된다.

빅토리 호는 선수미루 갑판까지 합하면 모두 7개 갑판으로 이루어져 있지만, 보통은 3층 갑판선으로 불린다. 이는 최하갑판(orlop deck)과 후갑판(quarter deck)은 선수미재와 연결되어 있지 않고, 상갑판(upper deck)과 중갑판(middle deck), 포갑판(gun deck)만이 선수미재와 연결되어 있기 때문이다. 빅토리 호는 이들 7개 갑판에 모두 104문의 대포를 무장한 당대 최고의 1등급 전함이었다. 1765년에 진수된 빅토리 호는 넬슨의 기함으로 활약하기 이전에 이미 1781년에 캠펜펠트(Kempenfelt) 제독의 기함으로서 유샨(Ushant) 해전에서 프랑스 함대를 격파하는 데 공을 세운 바 있고, 1797년에는 저비스(Jervis) 제독의 기함으로서 세인트 빈센트(St. Vincent) 해전에서 2배 이상의 전력을 보유한 스페인 함대를 격파하는데 큰 공을 세우기도 했다. 그러나 해전을 치르면서 선체가 크게 파손되었고 선령도 40년에 가까워졌기 때문에 1800-1803년에 걸쳐 대대적인 수리를 하여 현재 전시되어 있는 것과 같은 모습으로 탈바꿈했다. 1803년에 재취역한 빅토리 호는 넬슨의 기함으로서 지중해에 배치되었고, 1805년에 트라팔가(Trafalgar) 해전에 참가하였다. 바로 이 트라팔가 해전에서 넬슨이 사망하였다(10.21).

빅토리 호에 대한 대략적인 설명을 듣고 난 뒤 포갑판에서부터 관람을 시작했다. 포갑판과 중갑판은 포를 설치한 곳으로 포와 포 사이 사이에 수병들이 잠을 잘 수 있도록 그물침대를 매달아 놓았고, 밥을 먹을 수 있는 간이 의자가 마련되어 있다. 이 좁은 곳에서 수백명의 수병들이 북적거렸을 것을 생각해보면 개미굴에서 개미들이 바지런하게 움직이는 모습과 별반 다르지 않았을 것이다. 상갑판으로 올라가니 넬슨이 프랑스군의 탄환을 맞고 쓰러진 곳이라는 안내문이 보였다. 그리니치 해양박물관에서 넬슨이 사망할 당시에 입었던 제복과 당시를 묘사한 그림을 본 적이 있었기 때문에 감회가 새롭다. 상갑판을 구경한 뒤 고물 쪽에 자리잡은 사관 거주 구역과 넬슨의 집무실을 보았다. 일반 수병들의 거주구역과는 달리 사관에게는 개인 침실이 마련되어 있었고, 사관 식당은 품위 있게 꾸며져 있었다. 안내원을 따라 다시 갑판을 내려가니 전투 도중 부상당한 사람을 보살피는 의료 칸이 나왔다. 한 칸에는 부상당한 수병의 다리를 자르는 모습과 넬슨이 총탄을 맞고 쓰러진 뒤 옮겨와서 치료하는 모습을 형상화 해 놓은 밀랍 인형이 전시되어 있다.

빅토리 호를 관람하고 밖으로 나오니 당시 수병의 복장을 한 사람들이 비스킷을 굽고, 대패질을 하고 있다. 한쪽 옆에 당시 수병들이 주식으로 먹었던 비스킷을 맛볼 수 있도록 차려놓았다. 호기심이 발동하여 비스킷을 하나 집어 들고 입으로 가져가려 하니 앞에 있던 사람이 '그냥 먹을 수는 없고 포도주나 맥주에 풀어서 먹어야 한다'고 말했다. 당장 포도주나 맥주를 가진 것이 없어서 한 입 배어 무니 돌처럼 딱딱한 촉감이 전해진다. 영국인들이 비스킷을 'teeth breaker'라고 부르는 이유를 알 것 같았다. 이런 것을 술에 풀어 끼니를 때우면서 영국인들은 세계의 바다를 누비고 다녔던 것이다.

HMS Victory(1860)

HMS Victory 호와 제원 및 무장

- 준공 : 1765년 5월, 채덤조선소
- LBD : 56 x 16 x 6.5m
- 배수량 : 3500톤
- 재화톤 : 2162톤
- 최대속력 : 8노트
- 무장 : 68파운드 2문, 32파운드 30문, 24파운드 28문, 12파운드 44문
- 대포 사거리 : 약 1마일
- 정원 : 850명

세계 최초의 드라이도크와 Mary Rose

빅토리 호의 미뒤(우현) 쪽에는 자그마한 드라이도크(dry dock)가 하나 자리잡고 있다. 길이 61m, 너비 20m, 깊이 9m인 이 드라이도크가 세계 최초의 드라이도크라고 안내문에 적혀 있다. 이 드라이도크는 1495년에 완공되었는데, 1510년에 Mary Rose호가 이 드라이도크에서 건조되었다. 현재는 M33호가 계류되어 있다. 1915년에 건조된 이 M33호는 1차대전에 참전했던 영국 전함 가운데 남아 있는 2척 가운데 한 척이다.

HMS Mary Rose

· 용골 길이 : 32m
· 수선장 : 38.5m
· 전장 : 45m
· 너비 : 11.66m
· 흘수 : 4.6m

· 높이 : 13m(선미루 우현에서 측정)
· 승조원 : 400여명
· 배수톤수 : 500톤(1512), 700톤(침몰시)

* 자료 : The Mary Rose : Souvenir Guide, p.3.

---

* http://www.maryrose.org/ship/, 2010. 8. 30.

Mary Rose 호는 헨리 8세의 명령에 따라 1511년에 포츠머스에서 건조된 전함이다. 메리 로즈 호는 1차 영불전쟁(1512-14)과 2차 영불전쟁(1522)에 기함으로 참전하였으나, 1545년 7월 19일 프랑스 함대와의 전투 도중 전복하여 침몰하였다. 마리 로즈 호는 용골 길이 32m, 수선장 37.3m, 너비 11.3m, 흘수 4.5m, 최대 선미루 높이 13m의 제원을 갖추었다. 1514년 기록에 따르면, 마리 로즈 호는 청동제 중포 7문과 철제 중포 34문을 탑재하고 있었다. 크기는 1510년 진수 당시 배수톤수 500톤 가량이었으나 1536년 대대적인 수리를 통해 배수톤수를 700톤 가량으로 증가시켰다. 개조 후 총 승무원은 415명 내외였다.

마리 로즈 호는 1545년 7월 19일 프랑스 함대의 침입에 맞서기 위한 해상 작전 중 포츠머스 항 입구 1.3마일 지점의 수심 12m 수심의 해역에서 침몰하였다. 침몰 원인이 대해서는 다양한 견해가 제시되었지만, 현재로서는 프랑스 군의 침입에 대비하기 위해 너무 많은 인원을 배치했던 데다가 포츠머스 항내 항해 중 급격한 침로 변경으로 인한 전복되었다는 것이 일반적인 견해다. 당시대의 목격자의 전언에 따르면, 침몰 당시 마리 로즈 호에는 약 700여명의 인원이 탑승했다고 하는데, 이는 통상적인 정원 보다 285명 이상 많은 숫자였다. 침몰 직후 인양 시도를 하였으나 성공하지 못하다가 1978-1982년 사이에 마가렛 룰(Margaret Rule)이 지휘하는 조사대에 의해 잔해가 발견되어

1982년 10월에 선체가 인양되어 복원 처리 작업을 거쳐 2012년 3500만파운드의 예산을 들여 Mary Rose Museum을 완공하였다.

해군박물관, HMS 빅토리 호, HMS Warrior, 마리 로즈박물관이 모두 영국 해군이 소유하고 있으나 일반에 공개하기 위해 위탁 관리하고 있으며, 마리 로즈 박물관은 Mary Rose Trust라는 박물관 운영비영리법인에 의해 위탁 관리되고 있다. Mary Rose Trust는 입장료, 수익판매, 기타 수익활동으로부터 수입을 올려 유지하는 공공 자선 트러스트이자 유한책임회사(limited liability company)로 1979년에 설립되었다. Mary Rose Trust는 비영리법인으로 주주가 없으며, 영업 이익은 모두 트러스트에 귀속된다.

Mary Rose Museum

군항 Waterbus 관광과 잠수함 박물관

포츠머스 해군박물관 구경이 이것으로 끝나는 것은 아니다. 박물관을 빠져나오면 군항을 관람하는 워터버스(waterbus)가 대기하고 있다. 약 40여분 동안 보트를 타고 포츠머스 군항을 돌아보면서 영국 해군이 보유한 해군력을 확인할 수 있다.

군항 관람은 워리어 호부터 시작했다. 포클랜드전쟁에 참전했다는 Leed Castle 호, 걸프전에 참전했던 D96함 Gloucester 호, 대잠함 F239함 Richmond 호, 가스터빈함인 D91함 Birmingham 호, 2만톤급 항공모함인 Illustrious 호, 영국 해군의 주력함인 Ark Royal 호 등 현역 해군 함정과 퇴역함들이 각 부두마다 계류되어 있다. 우리나라 진해에도 광개토대왕함부터 장보고함 등 다양한 함정들이 부두에 계류되어 있지만 일반인들은 군항제 기간에만 그것도 일부만 볼 수 있다. 다시 한번 남북 분단이 우리에게 여러 가지 면에서 족쇄를 채우고 있다는 생각을 하게 된다.

군항 관람 도중에 워터버스는 잠수함 박물관을 구경할 사람들을 위해 잠시 멈춰 섰다. 잠수함 박물관을 구경하고 난 뒤 다음 워터버스(보통 1시간 간격)를 타면 되기 때문에 어떻게 돌아갈 것인지에 대해 염려하지 않아도 된다. 잠수함 박물관에는 잠수함 현물이 전시되어 있어 잠수함 내부를 볼 수 있을 뿐만 아니라, 풀턴(Robert Fulton, 1765-1815)이 고안한 Nautilus 호에서부터 현재에 이르기까지 잠수함이 어떻게 발전해 왔는지를 보여주는 그림과 모형이 전시되어 있다.

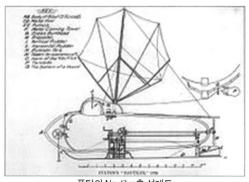

풀턴의 Nautilus호 설계도

이밖에도 영국 왕립조선소와 Admiralty House 등도 포츠머스에 자리잡고 있었지만, 시간이 없어 다 구경하지 못했다. 포츠머스 하버 역으로 되돌아가면서 영국인들에게 해군은 그들 자체의 삶이자 역사 그 자체라는 생각이 들었다. 경제력만을 생각한다면 영국은 이미 우리보다 못한 나라이다. 하지만 해군력만 놓고 본다면 영국은 아직도 세계 최강대국 가운데 하나임에 틀림없다.

• 포츠머스 히스토릭 도크야드 홈페이지 : http://www.historicdockyard.co.uk/

3 스웨덴 바사박물관(스톡홀름)

바사박물관(Vasa Museum)

바사 호

바사박물관은 스웨덴의 수도인 스톡홀름에 소재한 바사 호 보존을 위해 조성된 박물관으로 해양박물관(Maritime Museum)과 함께 스웨덴국립해양박물관(National Maritime Museum of Sweden)에 부속되어 있는 국립박물관이다. 바사(Vasa) 호의 역사는 1625 년까지 거슬러 올라간다. 당시 스웨덴의 국왕이었던 구스타프(Gustav II Adolf)가 1625년 1월 조선공인 헨릭 히버트슨(Henrik Hybertsson)과 아렌트 데 그루트(Arendt de Groot)와 바사 호 건조계 약을 체결함으로써 바사 호의 역사는 시작되었다.

바사 호의 건조
자료 : http://www.vasamuseet.se/en/The-Ship/Ship-buildning/, 2010. 8.

1626년 헨릭의 감독 하에 스톡홀름의 해군조선소(Skeppsärden) 에서 건조작업이 시작되었으나 1627년 헨릭이 사망하는 바람 에 야콥슨(Hein Jakobsson)의 감독하에 진수되었다. 바사 호는 선 체 길이 47.5m, 너비 11.7m, 주돛대의 높이 52.5m, 흘수 4.8m, 배수톤수 1210톤에 이르는 당대 최고의 전함이었다. 돛대는 선 수 가름 돛대(bowsprit)까지 합하여 총 4대에 돛 10장을 설치하 였다. 무장도 당대 최고여서 24파운드 포 48문, 3파운드 포 8 문, 1파운드 포 2문 등 총 64문을 장비하였으며, 승무원은 선원 145명과 병력 300명이 탑승할 수 있었다. 그러나 1628년 8월 10일 스톡홀름 항 내에서 처녀항해 중 0.7해리(1300m)도 채 항해하지도 못하고 전복되어 침몰하였다.

바사 호

자료 : Vasa Museum, Vasa, pp.24-25.

바사 호의 전복 · 침몰

그렇다면 최신 포함으로 건조된 바사 호가 침몰된 원인은 무엇이었는가? 오늘날 연구자들은 바사 호가 너무 많은 인원을 탑승시키고, 상갑판에 대포를 너무 많이 탑재함으로써 '톱 헤비'(top heavy) 상태에서 시험 항해를 한 것이 침몰의 결정적인 원인이었다는 데 동의하고 있다.* 이에 더해 당시 항내의 돌풍도 중요한 원인으로 작용하였다. 스톡홀름 항내 조선소에 진수를 마친 뒤 처녀항해를 위해 돛을 펴는 순간 첫 번째 돌풍이 불었고, 잠시 뒤 두 번째 돌풍이 불었다. 이에 바람의 압력을 줄이

---

* Erling Matz, Vasa, Vasa Museum, 2009, pp.6-8.

기 위해 돛을 내리려는 순간 세 번째 돌풍이 불어 바사 호는 그대로 전복하고 말았다. 2010년 8월 바사 박물관을 방문했을 때 박물관측 관계자들은 바사 호의 침몰 원인으로 돌풍을 들었다. 그러나 이는 바사 호를 변호하려는 의도가 다분히 내포되어 있다. 왜냐하면 바사 호는 그 화려한 외관에 비해 구조상 심각한 결함을 내포한 선박이었기 때문이다. 바사 호는 선폭은 좁은 데 비해 높이는 너무 높았고, 형식 면에서 공식적으로는 갈레온 선이라고 얘기하지만, 캐력선과 갈레온 선을 혼합한 형태였다.

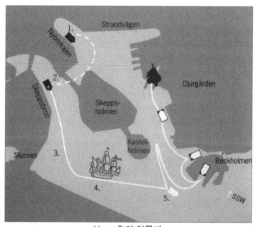

Vasa 호의 침몰지

자료 : Vasa Museum, Vasa, p.4.
주 : 1 - 조선소, 5 - 침몰지

바사 호의 침몰 원인은 사고후 재판 과정에서 드러났다. 구스타프 2세가 네덜란드 출신의 헨리크 히베르트손과 데 그로트가 설계한 원 설계도를 수 차례 제멋대로 변경을 지시했다는 사실이 밝혀졌던 것이다. 설계 변경으로 선폭이 좁아져 배의 안정성에 필요한 바닥짐 400톤을 실을 수가 없었다. 진수 전 시험항행에서 한슨(Hansson) 함장은 수병들에게 갑판 한쪽 끝에서 다른 쪽 끝까지 뛰어가도록 했더니 선체가 크게 흔들렸다. 덴마크 출신의 한손 함장은 플레밍(Fleming) 제독에게 이 사실을 보고했으나, 이렇다 할 조치가 없었다. 선폭이 좁은 것이 침몰의 유일한 원인은 아니었다. 더 큰 문제는 수면 위 1.2m 높이에 설치된 포의 현문을 열고 항해를 시도한 것이었다. 한손 함장은 처녀 항해시 포문을 모두 개방하고 포를 양현으로 돌출시켰는데, 돌풍으로 한쪽으로 기울면서 열린 포문으로 바닷물이 유입되면서 급격하게 침몰하게 된 것이었다. 결국 바사 호의 침몰의 원인은 구스타푸스 2세 자신에게 있었다. 그는 바사 호의 원 설계도를 외관을 위해 수 차례 변경할 것을 지시했다. 군사법원이 그 누구에게도 유죄판결을 내리지 않고 바사 호 침몰사건을 종결한 것은 이를 반증하고 있다. 바사 호는 침몰 333년만인 1961년 세상에 그 모습을 드러냈다. 이후 보존처리를 한 바사 호는 1990년 개관한 바사박물관에 영구 보존되어 일반인에게 공개되고 있다.

바사 호의 인양과 보존

바사 호 침몰후 30년이 지난 1658년 알브레흐트(Albrecht von Teileben)라는 사람에게 구조권이 허가되어 1663-65년 바사 호에 탑재된 대포가 인양되었으나, 이후 200여년 간 이렇다 할 성과는 없었다. 1956년에 이르러 프란센(Anders Franzēn)과 팰팅(Per Edvin Fälting)이 바사 호의 위치를 재확인하였고, 그해 9월 선수 돛대를 인양하는 데 성공하였다. 결국 노르웨이 해군, 국립 해양박물관, 넵튠사(Neptune salvage company)가 공동으로 바사 호의 인양을 시도하여 마침내 1959년 넵튠사가 바사 호와 연결한 케이블을 이용하여 바사 호의 선체를 수심이 얕은 해역으로 이동하는 데 성공하였다.

1961년 스웨덴의 스톡홀름 항내에서 침몰한 바사 호가 보존 처리를 거친 뒤 일반인에게 공개되어 전세계인의 관심을 끌었다. 바사 호가 세계인의 관심을 끌었던 것은 스톡홀름 항내에서 진수 항해 도중 침몰했고, 전성기 범선으로서 선체가 그대로 인양된 것은 처음이었기 때문이다. 17세기까지 스웨덴은 현재의 핀란드를 아우르는 광대한 영토를 가진 대국이긴 했지만, 인구는 고작 150만명에 불과한 약소국에 지나지 않았다. 그러나 북방의 사자왕이라 일컫는 구스타프 2세가 1611년 즉위하면서 발트해의 제해권을 두고 독일 황제와 겨루면서 북유럽의 강자로 부상했다. 구스타프 2세가 이를 위해 야심차게 추진한

작업이 전함 건조였으며, 바사 호는 그 상징물이었다.

인양된 바사 호는 1962년부터 1979년까지 폴리에틸렌 글리콜(PEG, Polyethylene Glycol)로 보존처리하여 1988년 신축된 바사박물관으로 이전하였다. 그 사이 1963년부터 1967년까지 해저에서 바사 호 선수상과 선내에 있던 수천 점의 유물이 인용되었다. 1990년 6월 15일 스웨덴 국왕 칼 구스타프 16세(Carl XVI Gustav)의 임석 하에 바사박물관이 정식으로 개관하였다.

바사박물관 입지
[스톡홀름, 유르고르덴(Djurgården)]

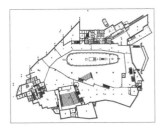
바사 박물관 2층 전시실(아래)

바사박물관

바사박물관은 순전히 인양된 바사 호의 전체를 영구히 보존하는 것이 주된 목적으로 설립되었다. 따라서 바사 호에서 인양된 유물들과 바사 호 선체를 테마로 한 단일 박물관이다. 박물관 건물은 지상 3층으로 건축되었으나, 바사 호 선체가 박물관 1~3층 중앙부를 차지하고 있고, 2-3층은 인양 유물들이 건물 주변부를 중심으로 테마별로 전시되어 있다.

바사 호의 선체

　인양품 중에는 1만 4000개 이상의 목조품이 발견되었고, 그 중에는 700개의 조각상이 포함되어 있었다. 이 조각상들은 개별적인 보존 과정을 거쳐 배의 원래 위치에 재배치되었고, 조각상은 사자, 성서의 영웅들, 로마의 황제, 해양 동물, 그리스 천사 등 다양한 주제를 담고 있다. 이렇게 짜 맞추어진 바사 호의 선체는 박물관의 1층 중앙에 배치되어 3층까지 관통하여 전시되어 있다. 그러나 관람객들의 호흡에 따른 산소 접촉과 불빛에의 노출로 인한 추가적인 부식을 방지하기 위해 전시실 내는 매우 어두워 선체의 본래 모습을 감상하고 느끼는 것을 방해하고 있다. 선원들의 유골, 대포, 선수상, 선미장식, 배의 항해장비, 선원 일상용품, 대형돛 6장 등이 인양되어 2층과 3층 전시실에 전시되어 있다.

바사 호 내부 포갑판   선수상   선미장식

대포   선원용품   오락용 보드판

　바사박물관은 해군박물관(Naval Museum), 해양박물관(Maritime Museum)과 함께 스웨덴국립박물관을 구성하고 있다. 스웨덴국립박물관 산하의 3개 박물관과 4개 행정조직에 상근직 170명과 비상근직 150명 등 총 320여명이 근무하고 있다. 바사박물관은 바사보존팀과 고객서비스팀 등 2개의 조직만으로 운영되고 있으며, 2007년 연간 관람객 100만명을 돌파하였다.

　바사박물관은 1628년 침몰한 바사 호와 그 유물들을 그대로 보존하고 있는 살아 있는 역사다. 스웨덴 사람들은 바사 호의 침몰을 숨기기 보다는 다시는 반복되지 않도록 계속해서 인양을 시도한 끝에 인양하여 박물관을 지어 보존하여 후대의 교훈으로 삼고 있다. 세월호 사고 이후 우리 모두는 정신적 공황 상태에 빠졌는데, 세월호 인양 이후 어떻게 해야 할 지를 바사박물관은 잘 보여주고 있다.

· 바사박물관 홈페이지 : http://www.vasamuseet.se/

4 노르웨이 바이킹선박물관(오슬로)

오슬로대학 문화사박물관

오슬로의 바이킹선 박물관은 노르웨이국립역사박물관과
함께 오슬로대학(Univ. of Oslo)의 문화사박물관(Museum of Cultural
History) 산하에 있는 부속박물관이다. 오슬로대학 문화사박물관
은 노르웨이 최대 문화사박물관 중 하나로 발굴 바이킹선, 중
세 교회 물품, 지중해 국가들의 고대 유물, 룬 시대 유물 등을
포함하여 노르웨이의 선사 및 중세 시대 고고학적 유물들을 소

장하고 있다. 문화사박물관은 최대 노르웨이 최대의 주화 소장처일뿐만 아니라 전세계에서 수집된 민속학 자료들도 소장하고 있다. 이렇게 오슬로대학이 국립박물관을 관할하게 된 것은 노르웨이 문화재법(Cultural Heritage Act)에 따른 것이다. 노르웨이 문화재법은 1537년 이전 유물과 1650년 이전의 주화에 관한 행정적 권한을 역사박물관에 부여하고 있으며, 문화유산이사회(Directorate for Cultural Heritage)와 공동으로 고고학 발굴 조사를 수행하도록 하였다.

오슬로대학 문화사박물관은 고고학과 인류학 두 분야 외에, 중세예술사, 보존과학, 고전학(古錢學), 룬(Lune) 어학 등의 분야에서 노르웨이 최고의 전문가들을 보유하고 있다. 대학박물관으로서 문화사박물관의 위상은 다른 문화사박물관들보다 더 많은 자원을 조사에 집중할 수 있도록 해주고 있다. 문화사박물관은 박물관과 오슬로 대학의 단위 학과들과 같은 위상을 갖고 있다. 2010년 당시 문화사박물관에는 임시직과 정규직을 포함하여 약 120명의 직원이 일하고 있었다. 이사회가 박물관 업무를 총괄하고 있으며, 박물관장이 박물관의 행정과 전문 업무를 책임지면서 박물관 내 7개 부서를 이끌고 있다. 박물관의 조직은 2003년 12월에 대학 이사회에 의해 성안된 '문화사박물관 규정'에 의해 통제되고 있다. 문화사박물관의 업무는 오슬로 중심가 4 곳에서 이루어지고 있는데, 역사박물관은 Frederiks gate 2와 Frederiks gate 3, 연구소는 Frederiks gate 3 and St. Olavs gate 29, 그리고 바이킹선 박물관은 뷔그도이(Bygdøy) 반도에 위치하고 있다.

바이킹선박물관

1867년 오슬로 동쪽 외스폴드(østfold)의 롤브쇠이(Rolvsøy) 인근 네드레 하우겐(Nedre Haugen) 농장에서 툰(Tune) 선이 발견되었다. 당시에는 이 발굴선을 전시할 특별한 박물관을 건립할 계획은 없었다. 1880년 여름, 노르웨이 남동부의 베스트폴(Vestfold)의 산네피오르(Sandefjord) 인근의 고그스타(Gokstad)에서 고그스타 선이 발굴되었을 때도 마찬가지였다. 발굴 후 고그스타 선은 오슬로의 대학 캠퍼스 내에 임시 보관소를 건립하여 전시하였다. 1904년 퇸스베르그(Tønsberg)에서 멀지 않은 슬라겐(Slagen)의 오세베르그 농장에서 오세베르그 선이 발굴된 이후 이 배도 대학의 캠퍼스 내 임시 보관소를 마련하여 전시하였다.

1913년 오세베르그선 발굴을 주도한 구스타프손(Gabriel Gustafson) 교수가 뷔그도이(Bygdøy)에 바이킹선 박물관 건립을 제안하였다. 이 제안이 받아들여져 같은 해 박물관 건물 설계 공개경쟁이 이루어져 아르네베르그(Arnstein Arneberg, 1882-1961) 작품이 당선되었다. 아르네베르그는 노르웨이의 저명한 건축가

로 오슬로 시청과 스카우굼(Skaugum)에 소재한 노르웨이 왕가의
거처도 건축하였으며, 바이킹 선 박물관은 그의 뛰어난 작품
중 하나이다.

오슬로 바이킹선박물관

1926년 오세베르그 익면 건물이 완공되어 오세베르그 선이
이전되었고, 1932년 고그스타 선과 툰 선 익면 건물이 완공되
어 발굴선들이 모두 이전 전시되었다. 오세베르그 발굴터에서
발굴된 매장품을 전시할 건물이 1957년에 완공되었다.

바이킹선 박물관을 입장하면 바로 오세베르그 선을 관람할
수 있으며, 이 배를 지나면 박물관의 중앙에 도달하여 전면에
는 오세베르그 선 부장품이, 외편에는 고그스타 선이, 그리고
오른쪽에는 툰 선이 각각 전시되어 있다. 또한 박물관은 오세
베르그 선과 고그스타 선을 높은 곳에서 내려 볼 수 있도록 2층

발코니도 설치하였다.

오세베르그 선

오세베르그 선은 베스트폴(Vestfold)의 슬라겐(Slagen) 농장의
대규모 묘지에서 1904년에 발굴되었다. 오세베르그 선은 815-
828년 즈음 건조된 것으로 추정되며, 오랫 동안 항해용 선박으
로 이용되다가 834년 사망한 귀부인의 매장용 배로 사용되었
다. 매장된 부인은 배의 선미부 매장실에 안치되어 있었고, 주
검 주위에는 그녀의 하녀였을 것으로 보이는 다른 여인의 주검
이 놓여 있었고, 그녀의 소장품들이 놓여 있었다고 한다. 배 아
래는 두꺼운 점토층이었지만, 흙무덤 자체는 뗏장으로 조성되
어 있었다. 배의 선체와 다른 목재, 가죽과 섬유류 등이 오랫 동
안 잘 보존되어 있었던 것은 바로 뗏장 덕분이었다. 바이킹 시
대의 무덤에서 유품이 남아 있는 경우는 아주 예외적인 경우
다. 흙무덤은 오래 전에 도굴된 것으로 보이는데, 이로부터 무
덤에서 귀금속이나 금은제품이 발견되지 않은 것은 이 때문으
로 추정되고 있다.

오세베르그 선

　오세베르그 선은 참나무로 만들어졌으며, 길이 22m, 너비 5m이다. 12장의 판재를 철못으로 고정하여 뱃전을 결합하였다. 이 배는 노와 돛으로 항해할 수 있도록 건조되었으며, 90 평방미터의 네모돛을 단 오세베르그 선은 약 10노트 이상으로 항해할 수 있었고, 최상부 뱃전판에는 15개의 노좆이 설치되어 있었으며, 무덤에서 모든 노가 발견되었다. 키는 선미 우현에 설치되어 있었고, 선원들은 아마도 자신들의 짐꾸러미 상자 위에 앉았던 것으로 보인다. 오세베르그 선은 연안에서 귀족들이 항해를 즐길 목적으로 건조되었을 것으로 추정된다. 오세베르

선에서 발굴된 부장품은 박물관의 가장 바깥 쪽에 전시되어 있고, 모직과 견직류는 별도의 전시실에 전시되고 있다.

고그스타 선

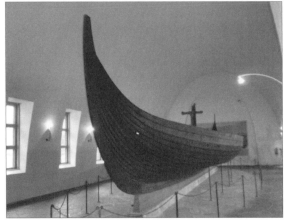
고그스타 선

고그스타(Gokstad) 선은 1880년 베스트폴(Vestfold) 산다르(Sandar)의 고그스타 농장의 대규모 묘지에서 발굴되었다. 이 배는 890년 경 건조되어 900년 경 사망한 족장의 매장용 배로 사용되었다. 피장자는 60대의 강력한 사람으로 추정되는데, 목재 매장실의 침대 위에 안치되어 있다. 그리고 주변에는 썰매, 작은 배 세 척, 천막 하나 등으로 구성된 부장품과 함께 안치되어 있다. 고그스타 흙무덤의 보존 조건은 오세베르그에서처럼 아주 양호하였지만, 이 흙무덤은 고대에 이미 도굴되어 다른 부장품들과 함께 묻혔을 은이나 금 등은 사라지고 없다. 바이킹 시대 노르웨이 남성의 부장품인 무기들은 분실되었다.

참나무로 건조된 고그스타 선은 길이 24m, 너비 5m로서 박물관 소장 세 척의 바이킹 선 중 가장 크다. 이 배는 32명의 노꾼이 탈 수 있었고, 오세베르그 선 보다 훨씬 더 견고하게 건조되었다. 용골과 돛대 구멍도 견고하며, 배의 현측도 노좆 위에 판재 2개를 더 대어 높이 올렸다. 110 평방미터의 돛을 펼 경우 고그스타 선은 12노트 이상으로 항해할 수 있었다. 키는 얕은 해역을 항해할 때는 들어 올릴 수 있었고, 각각 검은색과 노란색으로 번갈아가며 칠한 64개의 목재 방패막이 발굴 과정에서 발견되었다. 이것들은 배의 난간 외측에 부착되었던 것으로 보인다. 고그스타 배는 오세베르그 선처럼 화려하게 치장하지는 않았지만, 감항성은 더 뛰어난 것으로 평가된다. 고그스타 선이 얼마나 감항성이 뛰어났는지는 1893년 그 복원선이 베르겐에서 시카고까지 대서양을 횡단한 데서 확인되었다. 매장실 덮개 중 제일 큰 부분은 도굴되었으며, 작은 보트들은 현재 노르웨이 서부와 북부에서 사용되고 있는 소형선들과 유사하여, 노르웨이의 오랜 선박 건조들의 전통을 보여주고 있다.

툰 선과 기타 유물

1867년 툰(Tune) 선이 외스트폴(Østfold)의 롤브쇠이(Rolvsøy)의
하우겐(Haugen) 농장에서 발견되었다. 이 배는 고그스타 선과
비슷한 시기인 900년 경에 건조된 것으로 보이며, 강력한 족장
의 매장선으로 사용되었다. 부장품은 남아 있지 않으며, 주검
은 목재 관에 안치되어 있다. 배 자체도 심하게 훼손되었지만,
바이킹 시대의 조선술을 보여줄 수는 있다. 이 배는 겹붙임 클
링커 이음 방식으로 건조되었고, 늑골은 뱃전판 외부의 파낸
쐐기로 선체에 고정하였다.

툰선

목제 용머리 장식

　오세베르그 선에서는 5개의 동물 모양을 새긴 지주가 발견되었는데, 4점이 바이킹선 박물관에 전시되어 있다. 머리 부분은 단풍나무로 만들었고, 다양한 형태로 조작되어 있다. 크기는 대체로 50-54cm 사이다. 이 동물 멀리 지주의 아랫 부분에는 손잡이를 끼울 수 있는 홈이 있으며, 이 손잡이의 길이는 52-74cm 정도다. 동물 머리 지주는 매장실의 구석에서 함께 발견되었는데, 그 주위에는 2개의 밧줄로 연결된 방울 한 개와 철제 갈고리가 하나씩 놓여 있었다. 밧줄 중의 하나는 동물 머리의 하나의 입을 관통하여 있다. 이 동물 머리 지주의 용도는 알려지지 않고 있지만, 이것들이 매장실에 부장되어 있었다는 점과 동물 두상의 특별한 성격 등을 고려할 때 이것들이 어떤 마술적이나 종교적인 중요성을 시사하는 것으로 보인다. 손잡이는 두상이 다른 물체나 구조물에 부착되어 있지 않았음을 나타

내고 있지만, 이는 이것들이 운반될 수 있었음을 의미한다. 동물 두상 지주는 종교 행사 중에 사용되었을 개연성이 있다.

　오세베르그 선에서 몇 개의 양동이가 발견되었는데, 이들 중 2개는 아주 인상 깊은 작품이다. 황동으로 장식한 이 양동이는 주목으로 만든 홈이 파인 용기다. 양동이의 내부 지름은 42.5 cm이고, 내부 높이는 44cm다. 이 양동이 안에서 나무 국자와 6-7개의 사과가 양호한 상태로 발견되었다.

금제 양동이

마차

썰매

목재 침대

오세베르그 선에서는 썰매 4점이 발굴되었는데, 처음 발굴된 두 점의 썰매는 아주 화려하게 장식되어 있어서, 발굴한 고고학자의 이름을 따 쉐테리그(Schetelig)와 구스타프손(Gustafson)으로 명명되었다. 오세베르그 선에서는 마차가 발굴되었는데, 바이킹 시대 마차로는 노르웨이에서 유일한 것이다. 이 마차는 부장품으로 매장되었을 당시 이미 낡은 상태였는데, 대략 800년 경에 제작된 것으로 추정되고 있다. 마차에는 너도 밤나무로 만든 Y 모양의 프레임을 지지하는 바퀴 축이 있고, 이 바퀴 축은 한 쌍의 가대를 지지하고 있다. 프레임은 참나무로 만들어졌다. 마차에는 두 개의 물푸레 나무로 만든 축이 있는데, 이것은 짧은 철제 사슬에 연결되어 있다. 이 마차는 아마도 2 마리의 말이 끌었던 것으로 추정되고 있다. 마차는 화려하게 장식되어 있는데, 조각품은 바이킹 식 동물들로 장식된 반면, 다른 것들은 다른 양식으로 조각되어 있다.

바이킹 시대 마차가 달리기에 적합한 도로는 거의 없었을 것으로 보이기 때문에 이 마차는 어떤 종교 행사에 사용할 목적으로 제작된 예식용이었던 것으로 추정되고 있다. 오세베르그 선에서는 침대 세 점이 발견되었다. 제일 큰 것은 배의 선미 쪽에서 발견되었는데, 너도밤나무로 제작되어 길이 2.2m, 너비 1.9m이다. 이 침대는 동물의 머리를 조각하였으며, 색을 칠한 흔적이 남아 있다. 고그스타 선에서는 참나무 침대 파편 5점이 발굴되었다.

　오슬로 외곽 뷔그도이 반도에 위치한 작은 박물관인 바이킹 선박물관은 우리나라 박물관 운영에 많은 시사점을 준다. 우선은 박물관이란 것이 번듯한 건물을 짓는 것이 주목적이 되어서는 안된다는 것이다. 세계의 유명 박물관들은 대부분 유물을 보존・전시할 목적으로 박물관을 지었다는 것이다. 둘째는 박물관이 유물의 보존 및 연구, 전시를 주된 목적으로 하기 때문에 박물관만의 독특성을 갖고 있기 때문에 그러한 독특성에 끌린 관람객이 끊임없이 유입된다는 것이다. 셋째는 박물관의 학예사들이 자기 박물관의 유물의 보존・전시・연구에 직간접적으로 간여한 전문가들이라는 점이다. 오슬로 바이킹선박물관은 전시홍보팀 1명과 기술보존 전문가 3명 등 4명이 관리 및 운영하고 있음에도, 연간 관람객 50여만명이 방문하고 있다.

5 덴마크 바이킹선박물관(로스킬데)

로스킬데 바이킹선박물관

    바이킹선박물관은 덴마크의 수도인 코펜하겐 서쪽 30km 지점에 있는 자그마한 도시인 로스킬데(Roskilde)에 위치한 바이킹선 전문 해양박물관이다. 현재의 바이킹선박물관은 덴마크 국립박물관이 로스킬데 앞바다에서 발굴한 바이킹선 5척을 위탁받아 보존 및 전시하는 독립비영리법인이다.

로스킬데 바이킹선 박물관은 고대와 중세의 선박, 항해, 조
선술에 관한 덴마크 박물관으로 박물관 건물 중 가장 오래
된 바이킹선 홀은 1969년에 개관하였다. 이 홀은 스쿨데레우
(Skuldelev)에서 발굴된 바이킹 선 5 척을 전시하기 위해 건축되
었다. 박물관의 확장 건물인 박물관 섬(Museum Island)은 1997년
에 개관하였는데, 관람객들이 선박을 건조하고 있는 모습을 직
접 볼 수 있는 박물관의 조선지(boatyard)는 이 섬에 소재하고
있다. 북유럽 전통 목선의 최대 컬렉션이 바로 이 박물관 섬의
정박지에 계류되어 있으며, 이곳에서 스쿨델레우 발굴선 5 척
의 복원선을 관람할 수 있다.

　　바이킹선 박물관은 다른 박물관들과 함께 덴마크 해안을 따
라 해저 조사활동을 벌이기도 한다. 덴마크 전역에서 발굴된
고고학적 유물들은 디지털 기술을 활용하여 박물관 섬의 고고
학 처리장(Archaeological Workshop)에서 처리되고 있으며, 모든 덴
마크 해양고고학적 유물에 관한 정보는 이 박물관에 소장되어
있다.

　　로스킬데 바이킹선박물관은 크게 바이킹선 전시실, 박물관
하버, 박물관 섬 등으로 구성되어 있으며, 바이킹선 전시실에
는 발굴선 5척이 보존·전시되어 있고, 박물관 하버에는 복원
선이 계류되어 있어서 교육생들이 직접 항해 체험을 할 수 있
도록 조성되어 있다. 그리고 박물관 섬에는 선소와 보존처리장

등이 있어서 교육생이나 관람객들이 바이킹선을 만드는 것을
직접 볼 수 있다.

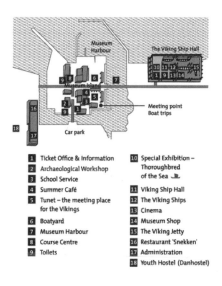

바이킹선 전시실(Viking Ship Hall)

쇠렌센(Erik Christian Sørensen) 교수가 설계한 바이킹선 전시실
은 1997년에 준공되었다. 이 전시실에는 스쿨델레우에서 발굴
된 5척의 바이킹선을 영구 전시하고 있으며, 바이킹 시대의 노
르만의 해양모험사 뿐만 아니라 선박의 역사에 대해서도 전시
하고 있다. 바이킹선 전시실의 터널에서는 로스킬데 지역에 대
한 노르만인의 습격에 관한 것을 모델화하여 전시하고 있다.

바이킹선 홀의 동편에는 어린 학생들을 위한 교육 공간으로 전선과 상선 2 척의 바이킹선을 복원하여 바이킹 선의 의장품, 화물 등을 선적하여 직접 승선해 볼 수 있도록 하였다.

바이킹선박물관에서는 주기적으로 특별전시를 열기도 하는데, 2010년 방문했을 때는 "Sea Stallion from Glendalough - from dream to reality"를 주제로 한 특별전시회를 하고 있었다. 이것은 2007-2008년까지 복원 바이킹선인 Sea Stallion 호가 로스킬데에서 더블린까지의 왕복 항해 관련 자료를 영상과 함께 전시하고 있었다. Sea Stallion 호는 스쿨델레우 2호선으로 가장 긴배로 30미터에 이르는 복원선이다.

박물관 섬(Museum Island)

박물관 섬은 보트 계류장(habour), 선소(boatyard), 바이킹과의 만남의 광장(Tunet)으로 이루어져 있다. 정박장에는 1000년전의 바이킹 선의 모습을 보여주기 위해 전통적인 노르만 목재보트와 복원된 바이킹선들을 정박시켜 전시하고 있고, 선소에서는 바이킹 시대의 선박 건조기술과 보트 건조 문화를 보여주고 있다. 이곳에서는 보트를 제작하고 있는 장인들에게 접근하여 질문을 할 수 있다. 바이킹 만남의 광장은 주로 여름 활동을 위한 기본시설로서 공개된 작업장에서 장인들을 직접 방문하거나, 자신이 직접 작업에 참여할 수도 있다.

선소   계류장

스쿨델레우 바이킹선

유럽의 11세기 후반은 고난의 시기였는데, 덴마크의 바이킹들도 이에 따라 당시 중심지였던 로스킬데를 바다로부터의 침략에 대비하기 위해 로스킬데 피요르드를 봉쇄하였다. 바이킹선 홀에 전시된 5척은 로스킬데 북쪽 20km 지점의 스쿨델레우 근처의 로스킬데 피요르드의 좁은 수로를 봉쇄하기 위해 인위적으로 가라앉혀진 배들인 것으로 밝혀졌다. 이 배들은 1962년 해저에서 발굴되어 철봉으로 주변을 봉쇄한 뒤 물을 빼낸 뒤 4개월 뒤 바이킹선 5척을 발굴해 냈다. 수천 개의 목재 파편들을 보존처리하고, 짜 맞추어 바이킹선 5척을 복원하였는데, 원양상선, 연안상선, 전선, 어선, 긴 배(longship) 등으로 이루어져 있어 세계해저유물복원사상 다른 5종의 선박을 발굴한 유일무이한 예였다.

- 재료 : 소나무, 참나무, 석회
- LBD : 15.84 x 4.8 x 1 m
- 배수량 : 20 톤
- 노 수 : 2~4
- 선원 : 6~8
- 돛 면적 : 90 ㎡
- 평균 속력 : 5~7 노트
- 최대 속력 : 13 노트
- 연대 : 1030년경
- 건조지 : 노르웨이
- 잔존량 : 60 %

스쿨델레우 1호선(원양 상선)

- 재료 : 참나무
- LBD : 30 x 3.8 x 1 m
- 배수량 : 26 톤
- 노 수 : 60
- 선원 : 65~70
- 돛 면적 : 112 ㎡
- 평균 속력 : 6~8 노트
- 최대 속력 : 13~17 노트
- 연대 : 1042년경
- 건조지 : 아일랜드, 더블린
- 잔존량 : 약 25 %

스쿨델레우 2호선(긴 배)

- 재료 : 참나무
- LBD : 14 x 3.3 x 0.9 m
- 배수량 : 9.6 톤
- 화물적재량 : 4.9 톤
- 노 수 : 5
- 선원 : 5~8
- 돛 면적 : 45 ㎡
- 평균 속력 : 4~5 노트
- 최대 속력 : 8~10 노트
- 연대 : 1040년경
- 건조지 : 덴마크
- 잔존량 : 약 75 %

스쿨델레우 3호선(연안상선)

바이킹선 박물관이 하는 일

로스킬데 바이킹선 박물관에서는 주로 해저침몰선 발굴 및 복원, 복원선의 건조 및 판매, 복원의 운항, 해양사 연구 조사, 해양문화 교육을 담당하고 있다. 선박 발굴 조사는 바이킹선 박물관의 연구 활동 중에서 핵심 분야이다. 바이킹선 박물관은 선사시대부터 르네상스기까지 스칸디나비아에서 선박의 발전 과정을 가능하면 상세하고 명확하게 그려내는 작업을 계속하고 있다. 선박 건조는 그 배들이 어떠한 목적을 위해 만들었는지 그 의도와 필요를 반영해준다. 그러므로 침몰선 조사는 선박의 일대기(life story)가 재구성되기 전까지는 불완전할 수밖에 없다. 어떤 선박에 관한 낱낱의 발견들은 그 자체의 독특한 이야기를 전해주지만, 이러한 이야기의 집적으로 그 사회의 역사를 파악할 수 있게 된다. 이것이 바이킹선 박물관이 다양한 선박들을 비교하는 연구 프로젝트를 수행하는 이유다.

발굴선의 복원선 건조와 운항도 바이킹선박물관의 연구 활동에서 핵심 영역이다. 바이킹선이나 중세 선박의 복원선의 건조와 의장은 오늘날 사라졌거나 거의 사라질 지경인 다양한 영역의 기술과 지식을 적용하는 것이 필요하다. 바이킹선 박물관은 현재 사라진 해양관련 기술들을 재현해 내는 데 주력하고 있다. 1983년에서 2004년 사이에 5척이 박물관 선소에서 원형대로 복원하였다. 복원선 실험 항해의 목적 중 하나는 복원선의 실제 활용법을 이해하고, 또한 이 선박들을 건조했던 당대 사회에 제공했던 것과 같은 기회를 밝혀줌으로써 선박들에 대한 여타 고고학적이고 기술적인 설명을 하는 데 기여하는 데 있다. 이 복원선 건조가 제공하는 기회란 것은 화물적재능력, 항해성능, 감항성 등이 당대 운송과 교통에 어떤 의미가 있었는가를 이해할 수 있도록 한다는 것이다.

바이킹선박물관은 상근 60여명과 비상근 100여명 등이 일하고 있으며, 로스킬데 시장과 시의회 의장과 부의장, 로스킬데대학학장, 로스킬데 시의원 등으로 구성된 이사회의 관리를 받고 있으며, 실제 운영은 바이킹선박물관장, 연구부장, 대외관계부장, 해양유물복원팀장, 재정행정시설부장 등 5인으로 구성된 운영위원회가 담당하고 있다. 연간 15만명 내외가 꾸준히 방문하고 있는데, 덴마크 내국인이 30%, 독일인 10%, 북미인 10%, 기타 유럽인 40%를 각각 차지하고 있어서 국제적인 명성을 얻고 있다.

6 포르투갈 해군박물관(리스본)

리스본 해군박물관

포르투갈 리스본(Lisbon, 원어 : Lisboa)의 해군박물관(Museu de la Marinha)은 1863년 동 루이스(Don Luis) 국왕에 의해 포르투갈 해군사관학교 옛 터에 개장하였으나, 1916년 화재로 소실된 뒤 1962년 8월 현재의 제로니무스 수도원(Monastère des Jéronimus à Belém) 옆에 재개장하였다. 리스본 해군박물관이 내세우고 있는 목적은 다음과 같다.

· 해군의 역사적이고 예술적으로 귀중한 물품들을 보존 전
  시함
· 모든 군대와 서비스, 기타 다른 해군 조직의 역사적으로
  관심 있는 물품들을 보존 및 등록하고 유지함
· 해양박물관과 관련 있는 역사적, 과학적인 연구를 진작시킴
· 박물관 위원회(Museum Board)가 승인한 교육 문화 활동 전개
· 해군의 전통에 기여할 수 있는 주제별 특별 전시회 개최

주요 전시품

포르투갈은 15세기 이래 1세기 동안 세계의 해양을 지배해
온 만큼, 리스본 해군박물관의 전시품은 하루에 다 볼 수 없을
정도로 많다. 유물 1만 7000여점, 사진 3만여점, 선박설계도와
데생 등 1만 5000여점 등을 보유하고 있으며, 이 중 유물 2500
여점과 선박설계도와 데생 2500여점을 상설 전시하고 있다.

전시실은 총 15개 실내 전시실과 옥외 전시실을 갖추고 있는
데, '입구전시실'에는 포르투갈의 해양시대를 연 엔리케 왕자를
테마로 한 전시실로 꾸려져 있다. 전시실 정면에는 엔리케 왕
자의 좌상이 있고, 디오고 고메스, 바르톨로뮤 디아스, 바스코
다가마 등 포르투갈 항해가 6명 입상(立像)이 도열해 있다. 그밖
에 대형평면구형도(15-16세기), Tordesillas조약의 세계분할도, 포

르투갈 항로 등이 전시되어 있다.

엔리케 좌상

포르투갈의 항로

　입구전시실을 지나면 '발견의 시대' 전시실인데, 포르투갈 항해의 황금시대가 주요 테마로서 리스본 해군박물관의 핵심 전시실이라고 할 수 있다. 주요 전시품으로는 자이레(Zaire)의 이에라라(Ielala) 비문 복제품(1483년 Diego Cão이 설립), 외교관계 수립기념 기둥(Congo), 카라벨선, 네프선, 갈리온선 모형(15세기), 15-16세기 함포, 15세기 나침반, 연추(鉛錘), 사분의, 해시계, 천문관측의, 16~17세기 해도, 지도, 항해일람표, 항해안내서, 항해서, 항해일지, 항로 안내서, 17세기 지구의(Willem Jans Blaeu 제작) 등이다.

Ielala 비문(복제품)   바스코 다가마 초상화와 사물함(진품)

 이어서 18세기 전시실에는 18세기 포르투갈의 주요 전열함
과 선박 장비들이 전시되어 있고, 19 · 20세기 전시실에는 증
기선, 외륜선, 프로펠러선, 목선, 철선, 강철선, 군함 등 선박모
형 60여점이 전시되어 있다.

18세기 전열함 모형   목조 범선의 선체 구조

수상교통전시실, 동양전시실, 원양어업전시실, 국왕선실 전시실 등에는 주로 해당 테마의 선박모형과 장비, 비품들이 전시되어 있고, 엔리케 모프로이 기증품전시실에는 해군 장교인 엔리케 모프로이가 수집한 선박 모형과 사진, 데생, 기념품 등이 전시되어 있다. 전시관 회랑과 별채 전시실, 야외 전시실에도 다양한 선박모형과 배, 선박 장비들이 정시되어 있다.

박물관 입간판

국왕 소유 보트

발견탑

리스본 해군박물관을 관람하다보면 너무 많은 선박모형과 전시품에 관람의 초점을 잃는 수가 종종 있다. 특히 15-16세기 포르투갈의 항해시대를 이끌었던 항해가들과 관련한 보고서와 항해장비, 선박 등과 관련한 진품이 의외로 적다는 사실에 놀라게 된다. 아마도 1916년 화재 때 많은 진품들이 소실되었기 때문인 것 같다. 그럼에도 1498년 인도 항로를 개척한 바스코 다 가마가 자신의 개인비품을 담았던 사물함은 온전하게 보전되었던 지 그의 초상화 앞에 전시되어 있어서 색다른 감회를 느낄 수가 있다. 해양사를 전공하는 연구자 입장에서 리스본의 해군박물관은 꼭 관람하고 싶었던 박물관 중 하나였는데, 정작 리스본 시민들에게는 그다지 인기가 있는 곳이 아닌 듯 했다. 연간 관람객이 10만명 내외에서 맴돌고 있으니 말이다.

해군박물관을 관람하고 나오면 야외전시실에 전시되어 있는 다양한 닻과 닻줄, 그리고 별채전시실에 전시되어 있는 포르투갈 국왕의 보트를 감상할 수 있다. 해군박물관 인근에는 리스본으로 입출항하는 선박을 감시하던 벨렘성(Torre de Belem), 발견의 광장, 마차박물관, 전기박물관, 제로니무스수도원 등이 있어서 함께 관람할 수 있다. 특히 테주 강 입구에는 포르투갈의 대항해시대를 이끌었던 엔리케 왕자와 항해가들을 기념하는 발견탑이 장엄하게 버티고 서 있다.

테주 강 입구의 발견탑

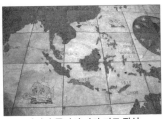
발견탑 주변의 바닥 지도 장식

· 리스본 해군박물관 홈페이지 : http://ccm.marinha.pt/pt/museu

7 모나코 해양학박물관(모나코)

모나코와 알베르 대공

모나코의 해양학박물관은 모나코 공인 알베르 1세(Prince Albert I, 재위 : 1889-1922)의 평생에 걸친 해양학 연구를 집대성하기 위해 만들어진 '해양학 전문 박물관'으로 모나코 왕궁 인근에 자리잡고 있다. 모나코는 바티칸 시국에 이어 두 번째로 작은 나라로서, 그 역사는 13세기까지 거슬러 올라간다. 모나코는 1297년부터 제노바의 명문 그리말디가(家)의 영지가 됨에 따라

그리말디가의 모나코 공작령(duchy of Monaco)이 되었고, 1604
년 11월 즉위한 오노레 2세(Honore II)부터 모나코 대공(Princes of
Monaco)의 세습이 시작되었다. 1731년 안토니오 1세(Antonio I)에
게 아들이 없자 왕녀 루이즈 이폴리트(Louise Hippolyte)를 거
쳐 그녀의 남편인 자크 1세(Jacques I)가 왕통을 이었다. 알베르 1
세(Albert I, 재위 1889~1922) 시절인 1911년에 헌법이 제정되어 군주
제로 바뀌어 현재에 이르고 있다.

알베르 1세

모나코는 알베르 1세를 빼놓고는 이해할 수 없다. 알베르 1
세는 1848년 프랑스 파리(Paris)에서 샤를 3세(Charles III)와 벨기
에 귀족 앙투아네트 드 메로드(Antoinette de Merode-Westerloo) 사이
에서 태어나, 1889년 9월 10일 모나코 제10대 대공이 되었다.

1911년의 관광 증진을 위하여 몬테카를로 랠리(Monte Carlo Rally)라는 자동차 경주대회를 창설하였다. 젊었을 때 에스파냐 해군에서 복무했고, 프랑스-프로이센 전쟁 중에는 프랑스 해군으로 참전하여 프랑스 정부로부터 레지옹 도뇌르 훈장(Legion d'Honneur)을 받았다. 22살의 젊은 나이에 당시로서는 새로운 분야인 해양생물학(Oceanography)에 관심이 많아서 평생 4차례에 걸쳐 해양탐사를 하였다. 그가 2-3차 해양탐사 때 조사한 해역은 후에 '알베르의 땅'(Alber I Land)으로 불려지기도 한다.

알베르 1세의 해양탐사

연도	탐사해역	탐사목적
1898	지중해	건축을 시작한 해양학박물관의 소장품 수집
1899	스피츠베르겐 북서 끝단의 라우드표르덴(Raudfjorden)	라우드표르덴 해역의 수로측량 및 지형 조사
1906	스피츠베르겐 북서부	북서 스피츠베르겐의 해양기상
1907	북극해	해양생물 및 환경

이러한 해양탐사 활동에서 수집한 자료들을 연구하기 위해 1906년 해양학연구소(L'Institut Océanographique)를 설립하고 수족관을 비롯하여 자기가 채취한 많은 표본, 해양 관측용 기기 등을 기증하였다. 인류의 조상에 관한 연구를 진행하여 파리에 인류 화석학 연구소(Institute for Human Paleontology)를 설립하기도 했다. 이러한 연구성과가 세계적으로 인정되어 1909년에 영국

과학 아카데미(British Academy of Science)의 회원이 되었고 1920년
에는 미국 과학 아카데미(American Academy of Science)로부터 금메
달을 받았다.

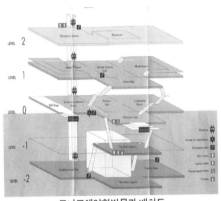

모나코해양학박물관 배치도

해양학박물관

1층 로비 바닥면

모나코 해양학박물관(Musée Océanographique de Monaco)은 독립 기관이 아니라 알베르 대공이 설립한 해양학연구소 산하의 전시공간이다. 프랑스 건축가 델레포트리에(Paul Delefortrie, 1843-1910)가 11년간의 공사 끝에 1910년에 완공한 해양학박물관은 해발 85m의 깎아지른 암벽 위에 건축되어 지중해에 직접 면해 있다. 전면이 전장 100m, 중앙 사각형 방 길이 29m, 좌우에 길이 40m, 폭 15m의 방이 각각 한 개씩 보유하고 있다.

모나코해양학박물관은 개관 이후 알베르 1세의 해양탐사 활동과 그의 수집품을 보여주는 것 이외에 이렇다할 특성이 없었다. 모나코해양학박물관이 국제적인 명성을 획득하기 시작한 것은 아쿠아렁(Aqua lung) 개발자인 캡틴 자크 이브 쿠스토(Captain Jacques Ives Cousteau)가 1957년부터 32년간 관장으로 재임한 덕분이었다. 프랑스 해군 군인이었던 캡틴 쿠스토는 수중탐사가, 발명가, 영화제작자 등 다양한 이력과 경력을 갖춘 사람으로 20세기 해양분야에서 가장 영향력있는 사람 가운데 한 사람이었다.*

해양학박물관은 지하 2층, 지상 3층의 고딕식 건물로 지하 2개 층은 수족관으로 이용되고 있고, 지상 1층은 명예의 전당과 해양동물학 등 2개의 전시실로 이루어져 있는데, 주로 해양학

---

* 베르나르 비올레, 이용주 · 최영호 옮김, 『자크 이브 쿠스토』, 사이언스북스, 2005, 9장 참조.

연구소와 공동으로 기획한 특별전시회 공간으로 이용되고 있다. 2층에는 로비, 알베르 1세 전시실, 고래전시실이 조성되어 있는데, 로비에는 주로는 벽면을 활용하여 미술과 예술품을 전시하고 있으나, 때때로 선박모형이나 해저탐사정 등을 전시하기도 한다. 알베르 1세 전시실은 해양학박물관만의 소장품인 알베르 1세가 해양탐사 때 사용한 탐사장비와 각종 문서, 탐사선 등이 잘 정리되어 있다. 고래 전시실에는 대형 고래 뼈를 비롯하여 어류 표본, 어류와 조개를 활용한 수공예품 등이 아름답게 전시되어 있다.

알베르공의 탐사장비
(알베르공 전시실)

고래전시실

산타 마리아 호 모형
(로비 전시실)

모나코해양학박물관의 백미는 지하 1-2층의 수족관이다. 물탱크 90개, 최대 물탱크 용량 45만리터, 최소 물탱크 용량 100리터 등 다양한 크기의 수족관에는 열대어 300여종, 지중해어종 100여종 등 총 6000여마리의 어류와 무척추동물 200종, 열대성 산호 100종이 전시되어 있다. 수족관은 열대해와 지중해로 구분되어 있는데, 지중해의 어류는 해양학연구소에서 직접 포획한 어류들이라고 한다.

해양학박물관은 연간 60만명 수준이며, 박물관 운영은 모두 입장료 수입과 기념품 판매와 레스토랑 운영 수익금으로 충당한다고 하니 우리가 지향해야 할 바람직한 박물관이 아닐까 한다. 인구 3만명에 불과한 모나코는 면적이 2㎢에 불과한 도시국가이다. 해양학박물관이 입지한 생-마르탱(Avenue Saint-Martin) 거리는 모나코의 중심부로 모나코 왕궁, 선박박물관, 몬테카를로 카지노, 나폴레옹기념박물관이 집중되어 있다. 모나코로 진입하기 위해서는 프랑스 지중해 여행의 중심인 니스(Nice)를 경유해야 하는데, 모나코와 니스를 한꺼번에 즐길 수 있다는 것이 모나코 해양학박물관의 또 다른 매력이다. 모나코 해양박물관을 걷다 보면 조타를 하고 있는 알베르 공의 조각상을 만나게 되는데, 이는 알베르공이 얼마나 배와 바다를 사랑했는지를 여실히 보여준다.

뱃사람 알베르대공

· 모나코 해양학박물관 홈페이지 : http://www.oceano.mc/

8 중국 취안저우 해외교통사박물관 (泉州)

취안저우(泉州)와 해상교통

취안저우(泉州)는 과거 중국 남부의 제1항구였던 자이툰(刺桐, 취안저우의 옛이름)으로서 바닷길의 기점으로서 서역과의 해상교통이 활발했던 곳이다. 중세 유럽의 지도에 중국은 Zaitun과 Kathay라는 지명으로 나타나는데, Zaitun은 남중국의 대표지명으로서 취안저우의 옛 이름인 刺桐의 음차이고, Kathay는 契

丹(Khitan)에서 유래한 것으로 북중국의 대표지명이었다. 진대부터 개발된 취안저우에 본격적인 행정구가 설정된 것은 260년에 오나라에 의해 동안현(東安縣, 현재의 난안 시)이 설치된 때부터다. 양나라의 천감 연간(502-519년)에 남안군의 군청이 설치되었고, 서진말에 발생한 중원 지구의 전란으로, 중원에서 이민자가 많이 유입해, 중원의 선진적인 기술과 문화가 이곳으로 전해졌다. 당나라 때인 700년에 무영주(武栄州)가 설치되었고 711년에 천주로 개칭되었다. 이때 광저우(廣州)가 중국에서 가장 큰 해항이었으나, 훗날 이 지위는 취안저우로 넘어가게 된다.송나라와 원나라 때 취안저우는 세계에서 가장 큰 해항 중 하나로 유라시아 세계에서 온 해외 출신의 주민들이 커다란 지역사회를 이루었다. 이러한 명성 때문에 취안저우는 '바닷길'이 시작되는 곳으로 불렸다. 마르코 폴로는 『동방견문록』에서 17세의 몽골의 공주 코코친이 페르시아의 일한국의 신랑과의 결혼을 위해 취안저우에서 출발하였다고 전한다. 취안저우는 또한 동남아시아와 타이완 등지에 거주하는 많은 화교들의 고향이기도 하다. 1986년에 지급시(地級市)인 취안저우 시가 성립되어 현재에 이른다.

해외교통사박물관
취안저우해교사박물관이 개관한 것은 1959년으로 당시에는 취안저우 구도심에 위치한 개원사(開元寺) 사원 내에 위치해 있었다. 해외교통사박물관은 취안저우의 역사를 주축으로 풍부하고 독특한 해양교통문화를 보존하고 중국 고대의 유구하고 휘황찬란했던 해양문화를 생동하게 재현하기 위하여, 또한 중국인들이 해양을 정복한 슬기와 지혜를 기리고 중국이 "해상실크로드"의 개척에 기여한 중대한 공헌을 기념하기 위하여, 그리고 항해와 조선기술에서 이룩한 위대한 업적을 후세에 알리는 것을 주된 목적으로 하고 있다. 또한 청소년들에게 중국민족의 우수한 전통문화교육을 진행하는 중요한 기지 역할도 한다.

취안저우해외교통사 박물관의 역사에서 1974년은 매우 중요한 해였다. 이 해에 천주만의 후저항(后渚港)에서 송대의 고선(古船)이 출토된 것이다. 흔히 송대 천주선으로 불리는 이 고선은 중국인들이 격벽을 사용하였음을 실물로 입증하는 유물로서 선박발달사에서 매우 중요한 유물로 평가되고 있다. 기존에 개원사 내에 있던 해외교통사박물관은 새로운 건물로 이전하기로 하고, 기존 개원사 내의 전시관은 고선박물관으로 개칭하여 천주선과 관련 유물을 전시하였다. 현재의 취안저우 해외교통사박물관은 1991년 2월에 개장하였다. 현 취안저우 해외교통사박물관은 복건성 정부 산하의 각 정부기관과 천주시 정부 산하의 각 정부기관에서 기부한 자금 약 600만 위안이 투자되었고, 취안저우 시의 문화국 산하 기관으로 운영되고 있다.

해외교통사박물관 1층 로비

　해외교통사박물관은 천주항과 해외교통관, 천주종교석각진
열관, 주선세계(舟船世界), 이슬람문화전시실 등 4개 대전시실이
있으며, 개원사 내에 별관으로 고선박물관에는 천주선이 전시
되어 있다. 천주항과 고대해외교통관에는 '자이툰(刺桐)'으로 불
린 취안저우가 2000여 년 전의 '월족인(越族人)'들의 해상활동을
시작으로 남조(南朝), 수당(隋唐), 송원(宋元), 명청(明淸)과 현대에
이르기까지의 역사와 각 시기의 해외교통을 소개하고 있다.

　천주종교석각진열관에는 이슬람, 불교, 마니교 등 취안저우
에서 발굴된 다양한 석각비들이 집대성되어 있다. 당대 이래,
특히 송원시대 이래 취안저우의 해외교통은 상당히 발달하였
으며, 세계 여러 나라의 많은 외국인들이 취안저우에 와서 무

역에 종사하였다. 그 중 많은 외국인들은 취안저우에 정착하여 생활하였으며, 심지어 당지의 거주민들과 결혼하여 살아가기도 하였다. 이들은 자신들이 신앙하던 종교들을 천주에 전파하였는데 그 중에는 이슬람교, 기독교, 힌두교, 마니교(摩尼敎) 등이 있었다. 또한 이들은 죽은 후 그들의 습관에 따라 석관(石棺)을 만들어 안장하기도 하였으며, 이 진열관에는 상술한 종교경문(經文)을 새긴 돌비석과 석관들이 진열되어 있다. 이러한 문물들은 중외문화교류사, 종교예술사를 연구하는 진귀한 자료들로 평가되고 있어서 국가1급 문물로 지정되어 있다.

취안저우와 고대해외교통 전시실 입구

취안저우 해외교통로

종교석각 전시실 입구

석각 전시품 중 하나

주선세계 전시실은 해외교통사박물관에서 수집한 중국 고래의 거의 모든 선형의 선박모형들을 집대성해 놓은 곳이다. 복선, 사선, 광선, 조선 등의 4대 해선은 말할 것도 없고, 주형토기, 칠선자(七扇子), 장강선(長江船), 변하선(汴河船) 등 크고 작은 하천에서 사용된 독특한 선형의 강선의 모형을 전시하고 있다.

복원선　　　　　　정화　　　　　정화 항해도

고선박물관

1974년에 발굴된 송대 해선인 천주선을 복원 전시하고 있는 곳이 개원사 내의 고선박물관이다. 천주선은 선체 상반부는 부식되어 없어지고, 선체 하반부만 화물이 실린 채 잘 보존되어 있었다. 적재물을 잠정한 결과 이 배는 대외무역선으로 남송말 함순(咸淳) 7년(1171) 무렵에 침몰한 것으로 밝혀졌다. 발굴되기 전까지 동양에서 원양 항양선이 실물로 발굴된 적은 없었다. 잔존부를 고려하여 천주만 해선을 복원한 결과 길이 34.55m, 너비 9.9m, 깊이 3.27m에 적재량 200톤, 배수량 374톤에 이르는 것으로 나타났다. 고선박물관에는 천주선의 잔존부와 복원선 모형, 송대의 항해장비와 항해술 등이 잘 정리되어 있다.

천주해선

천주해선의 격벽부

고선박물관(개원사 내)

95

천주해선 복원선

· LBD : 34.55 x 9.9 x 3.27 m
· 선수부 높이 : 7.98m
· 선미부 높이 : 10.5m

· 만재흘수 : 3.00m
· 배수량 : 374톤
· 적재중량 : 200톤

9 일본 요코하마항구박물관(요코하마)

요코하마항구박물관

요코하마항구박물관

　반농반어의 한산한 어촌이었던 요코하마는 쿠로부네(黑船)의 내항으로 개항장으로 지정된 이래, 일본을 대표하는 국제항만도시로서의 역사가 시작되었다. 일본의 근대화에서 문화, 경제, 민간 교류의 창구로서 요코하마가 수행한 역할은 매우 크며 이 요코하마가 더욱 발전하기 위해서는 지금까지의 역사에

기초한 새로운 역사의 방향설정이 불가결하기에 시민이 항만, 해운, 무역 등에 바른 인식을 공유하는 시설이 필요하였다.

요코하마항구박물관은 요코하마 개항 100주년 기념사업으로 1961년 1월 마린타워 3층에 '요코하마 해양과학박물관'(연면적 926㎡)이 개관함으로써 시작되었다. 1980년에 일본의 범선인 니본마루(日本丸)를 요코하마 시가 불하받자 요코하마 시는 전담 부서를 만들어 범선 니폰 마루 보존용 도크를 조성하고, 기존의 요코하마해양과학박물관을 폐쇄한 뒤 (재)범선니폰마루기념재단을 설립하였고, 이듬해인 1988년 3월 요코하마 마리타임 뮤지엄을 정식으로 개장하여 20여년간 운영하였다. 그러나 개장 이후 관람객 수의 급감과 요코하마 개항 150주년 기념 사업의 일환으로, 전면 개편하여 2009년 요코하마항구박물관으로 재개장하였다. 재단법인 범선니폰마루기념재단은 범선 니폰마루, 요코하마항구박물관, 니폰마루메모리얼파크, 전망타워 등을 관할하고 있으며, 그 주된 사업은 다음과 같다.

· 범선 니폰마루의 보존 및 공개
· 범선 니폰마루를 활용한 청소년 육성을 위한 해양사상의 보급
· 요코하마항박물관의 관리운영
· 바다, 항만, 선박과 관련한 자료의 수집, 보존, 전시, 조사
· 항만녹지의 안전관리와 환경 유지

상설 전시

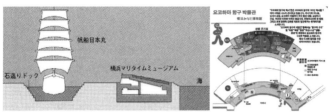

요코하마항구 박물관 배치도

요코하마항의 역사 존의 주요 전시물

    필자가 2005년에 방문했을 당시 요코하마 마리타임뮤지엄은 전시실과 범선 '니폰마루' 등 두 개의 시설로 구성되어 있다. 요코하마는 일본의 항만 중에서 외국과의 경제 문화교류의 창구로써 일본의 근대화에 깊은 연관을 갖고 있고, 항만을 중심으로 한 요코하마의 변천 그 자체가 일본 근대화의 한 단면이라고 할 수 있다. 따라서 전시의 기본테마는 〈요코하마 항과 일본의 근대화)로 하고, 동 항만이 일본근대화에서 수행한 역할을 중심으로 전시하고 있다. 상설전시실은 범선 니폰마루, 요코하마 항의 역사, 요코하마 항만, 선박의 변천, 세계의 항만 등 5개로 구성되어 있었다.

범선 니폰마루 전시실에는 니폰마루를 통해 범선의 구조와 시스템, 항해훈련, 로프와 항해기기 등의 항해 장비 등이 소개되어 있었다. 요코하마 항의 역사 전시실에는 요코하마 항과 항만을 중심으로 발전해온 역사를 주 테마로 하여, 흑선의 도래, 항해와 천측, 항해술, 요코하마와 등대, 개항과 거류지, 요코하마 외국인 거류지, 요코하마 항의 발전 등의 소주제별로 전시물이 정리되어 있었다. 요코하마 항만 전시실은 현재의 요코하마 항의 모습을 통하여 항만과 해운을 소개하는 것을 목적으로 요코하마 항의 축소 모형, 요코하마 항을 움직이는 사람들, 요코하마 항을 전망하는 배를 조종할 수 있는 시뮬레이터, 조종과 항해계기 등을 전시하고 있었다. 선박의 변천 전시실에는 19세기부터 현재까지의 세계와 일본의 선박 모형들과 패널이 전시되어 있었다. 마지막으로 세계의 항만 전시실에는 요코하마와 자매 결연을 맺은 여러 항만들과의 교류 활동을 소개하고 있었다.

그러나 2009년 요코하마항구박물관으로 재개장한 이후에는 요코하마항의 역사 존과 요코하마항의 재발견 존 등 2개의 상설전시실로 단순화하였다. 요코하마항의 역사 존에는 1859

년 개항이후 현재까지 요코하마 항과 역사적 발전과 관련한 유물을 전시하고 있는데, 요코하마의 최초의 축항공사 때 사용된 스크류 파일이나 요코하마를 모항으로 운항했던 화객선 아르헨티나 마루의 선박모형, 초대형유조선 도코 마루의 모형 등이 대표적인 전시품이다. 요코하마항의 재발견 존에서는 현재 요코하마 항의 구조와 컨테이너 부두, 항만하역작업과 관련한 전시물을 볼 수 있다.

요코하마항의 재발견 존의 주요 전시물

계류되어 있는 니폰 마루

범선 니폰마루

범선 니폰 마루는 1930년에 건조된 항해 연습용 범선으로 2차 세계대전 후에는 피난용 여객선으로 이용되기도 했다. 전장 97m, 무게 2278t인 니폰 마루의 총 항해 거리는 183만km로 지구를 45.4바퀴를 돈 거리이며, 배출한 실습생 수는 1984년 퇴역시까지 1만 1500명에 달한다. 러일 전쟁에서 해군 함정으로도 사용됐으며, 1984년 9월 16일 퇴역한 후 이듬 해 4월부터 관람용으로 이용되다가 1988년 요코하마 마리타임 뮤지엄의 도크에 계류되고 있다. 평소에는 돛을 내리고 있지만 연중 12번에 걸쳐 29매의 모든 돛을 펼치는 행사가 열린다.

니폰마루 메모리얼파크

요코하마 항구박물관은 요코하마 미나토미라이의 매립지에 건설되어 요코하마 항에 인접되어 있다. 따라서 주말이나 공휴일에는 요코하마의 많은 시민들이 자녀들과 함께 하루를 즐기는 최적의 장소에 자리잡고 있는 셈이다. 요코하마 항구박물관 자체는 요코하마 시민들에게 그렇게 인기있는 장소는 아니다. 1988년 개장 이후 2005년까지 관람객은 1989년에 박물관에 45만명과 니폰마루에 71만명이 방문하여 최고점을 찍은 이후 매년 박물관과 니폰마루 각각 10만여명이 관람하고 있다. 요코하마 시의 인구는 350여만명인 것을 감안하면 개장 이후 현재까지 전 시민들이 한 번씩 관람한 이후 재관람을 거의 하지 않는다는 것을 의미한다. 그럼에도 불구하고 범선 니폰마루와 전망타워, 요코하마항구박물관 등을 포괄하는 니폰마루메모리얼파크에서 햇볕을 즐기거나, 주변 친수공간에서 보트놀이나 항내 크루즈를 즐기는 시민들을 볼 수 있다.

옥상 잔디 공원   니폰마루 메모리얼파크

· 요코하마항구박물관 홈페이지 : http://www.nippon-maru.or.jp/